築地書館

黄昏《トワイライト》の横浜

伊藤秀哉

目次

序章

昭和二十（一九四五）年九月二日の十一時過ぎには横浜の空は灰色の雲におおわれていた。戦争中に何度か横浜に来たことがある研一は、この日占領軍の兵士たちが横浜の大桟橋に進駐してくるという情報を、M新聞横浜支局に勤務している中学の先輩永井氏から得ていた。学校はまだ夏休み中だったので、朝九時ごろ東京・西荻窪の家を出た。リュックのなかには父の大事にしていたライカ（輸入のカメラ）と海苔のむすびが二つ、本二冊と雑記帳が入っていた。

新宿、品川と乗り換え、桜木町の駅におり立った時はすでに十時半を過ぎていた。中央線、山手線、京浜東北線の沿線には至るところに激しい空爆の爪痕が残っていた。

それでも焼け跡にはトタン屋根を張った急拵えのバラックが点在し、狭い庭には洗濯物が風にゆれていた。こんなに激しい戦いのなかでも日本人は清潔な人種だなと、妙なことに感心していた。

車窓から眺める街まちの風景には、どことなくゆったりとした初秋の雰囲気が感じられ、ああ戦争は終わったのだなと、改めて嬉しさがこみあげてきた。

どのあたりで待ち受けようかと大桟橋の入口あたりをうろうろしていると、たちまち警官に尋問された。

「おい、君、どこへ行くんだ」

「山下町から元町に行きたいんです」

「学生証を持っているか」

「はい、これです」

「なんだ医学生か、ここは立入禁止になっている。早く移動したまえ」

そういわれて研一は、しかたなく山下公園に沿って移動しているうちに、ちょうど恰好な繁みが見つかったのでそこに座りこみ、持ってきた本をひろげて通りをうかがっていた。


十一時半過ぎに、小銃を右肩にかけ右手でベルトをつかみ、背嚢《はいのう》を背負って丸い鉄カブト、腰には弾倉のついた幅広のベルトをつけた完全武装のアメリカ兵の一隊が緊張した面持ちで、もの珍しそうに周囲を眺めながら、二列縦隊でゆっくりした歩調で通り過ぎた。身体の大小不揃いの行進だったが、黒人兵はあまり見当たらなかった。

一様に体格、血色ともによい若者たちで、感心したのはあまり人相の悪い人がいないことだった。

どちらかといえば、緊張のなかにもおだやかな表情で、戦争末期の日本軍の兵隊たちのように暗い顔つきの兵隊がいなかった。

一群の兵隊たちが通り過ぎたあと、リュックからライカを取り出して無限大の距離にセットしてファインダーをのぞきこんだ。幸い付近には誰もおらず、ゆっくり焦点を合わせることができた。

そのなかのひときわ背の高い兵隊に狙いさだめてシャッターを押した。続けて三枚ほど写した。その日はライカ用のフィルムで六枚撮りを三本ほど持ってきていたので、一本目は最初の場所に座りこんだまま兵隊たちの行進を撮りつづけた。

二千人くらいが通ったあと、どこに行くのか行き先をつきとめたくなった。カメラをリュックに収めると、医学部の記章のついた学帽をかぶり直して繁みのなかからゆっくり出ていった。暑い日だったので、紺のズボンに半袖の白いカッターシャツで上衣は持っていなかったが、警備の警官たちには学生だということはわかったはずである。

どこにいたのかと訝《いぶか》るような顔つきでまた質問されたが、

「山下公園に出たいのだ」

というと、

「この道を真っ直ぐ行けばすぐに出られるが、今日は公園のなかには入れないから、早くこの場から立ち去るように」

といわれた。

公園に沿った道路からなかをうかがうと、すでに二千人以上と思われるアメリカ兵が、思い思いの姿勢で公園のなかにたむろしていた。

戦争中でもアメリカ人、イギリス人、フランス人など何人か顔見知りがいたが、その日見たアメリカ兵はそれまで知っていたアメリカ人とはちょっと顔つきが違っていた。色がそれほど白くないので、ネイティブ・アメリカンではないかと思われるような人がいるかと思えば、ヨーロッパ系の顔貌の兵隊もいて、そのヨーロッパ系のアメリカ人にしても牧畜業や農業に従事しているなと思われる土の香りがするような人も多く、なんとなく親しさを覚えるような兵隊が多かった。

あとで聞いたところでは、彼らは米第八軍管下の騎兵第一師団で、この日午前中から午後にかけて四、五千人が上陸したという。支局勤めの先輩によると、その日の午後三時ごろから翌日にかけて第八軍の主力部隊があいついで上陸したということであった。

二本目のフィルムは二、三枚撮っただけで山下公園を離れなければならなかった。公園を横に見て山下町に入り元町に出た。通りには人影がほとんどなく、焼け残った商店はシャッターを下ろした店が多く、住民は息を詰めて家のなかでひっそりしているように思われた。

たしかにあれだけの完全武装の兵隊が、なにかあって銃を使うようなことがあれば、大惨事になるなと、元町の人影のない通りにたたずんだ時には帽子のなかはもちろん、全身を流れる汗で眼鏡が曇るほどだった。

中区の官庁街や港湾施設は比較的被害が少なかったが、伊勢佐木町から長者町《ちょうじゃまち》、阪東橋、末吉町、黄金町にかけての一般住民の居住地域や商業地域は、黄金町駅の北側の前里町も含めて激しい焼け跡を見せていた。

かろうじて動いていた市電に乗り、前里町の知人を訪ねたが、黄金町駅の近くのガードでは炎にまかれて数百人の死者が出たと聞かされた。たしか横浜全域への大空襲は五月二十九日だったと記憶している。

戦争末期のこれら一般住民に対するアメリカの無差別爆撃は、理由の如何にかかわらず、広島、長崎への原爆投下とともに研一には非人間的な大虐殺だと思われた。

第一章　知友礼賛

研一は、戦後横浜へは、この日をはじめとして四、五年の間に何回か足を運んだ。ことに昭和二十三、四年ごろには、なんとかフランスに行きたいと思って留学生の試験を受けたことがあったので、横浜へ来て外国航路の船を見ると心がはずんだ。

昭和二十三年は医学部卒業の前年であった。

当時住んでいた家の隣家に沢田さんというクラリネット奏者が住んでいた。戦前と戦中も終戦の二、三年前までは欧米航路の客船で演奏していたが、戦後東京、横浜にアメリカ兵相手のダンスホールができると、バンドマスターとして数人の演奏者とバンドを編成して毎夜のように出演していた。

ある時、研一が横浜へ行くことがあると沢田さんにいうと、一度社会見学のために自分の出ているダンスホールに遊びにこないかといわれ、研一は同行することになった。

ワンステージが終わり、ハワイアン・バンドにかわる三十分の休憩時間に、バンドのピアニストから次のステージで自分の代わりにピアノを弾いてみないかといわれた。研一はクラシックの曲は弾いていたが、ジャズやポピュラーを弾いたことはなかった。だが、そのピアニストから他の楽器に合わせてコードを押さえればメロディーは必要ないといわれ、曲のテンポに合わせて適当に両手でコードを押さえた。

あとで聞くと「なかなかよく響いていたよ。あれで各調のスケールをうまく組み合わせれば立派に通用するよ」といわれ、なんとも返事のしようがなかった。

バンドでの演奏はこれが最初で最後だった。


昭和二十四年早春、学校の先輩、向井さんの誘いで横浜を訪ねることになった。

桜木町の駅周辺はところどころ空地はあるものの、よくこれまで復興したと思えるほど大小さまざまな建物が並び、人の往来も多く、街は活気に溢れていた。

改札を出たところで迎えに出てくれていた向井さんと顔を合わせると、思わず口をついて言葉が出た。

「驚きましたね。昭和二十年九月二日の駅前とは様変わりですね」

「そうだろう。僕も戦後二年くらいたって東京から横浜に移ってきたが、そのころのことを考えると、今の状況は想像できないくらいだから」

「それは僕も何回か来ていますからそう思いますが、考えてみると日本人は勤勉なんですね」

「まったくそうだ」

彼は横浜に移り住んで、中区のはずれの末吉町にクリニックを開設したという。

「東京とはかなり街の雰囲気が違うようですね」

「ああ、港町だし開放的だね。皆アメリカ兵とも仲が良いし、この近所の人たちは親切できどってなくて、仕事もやりやすいよ。藤井君は中区にあるカマボコ兵舎を見たことがあるかい」

「いえ、それは知りませんでした」

「アメリカ兵が伊勢佐木町の裏にたくさんいるよ」

「そうですか」

「ああ、今日はゆっくりしていけよ。仲間で気のおけないのと一緒に食事をすることになっているから」

「それはありがたいです。なにをご馳走してもらおうかな」

「なんでもいいよ。しかしせっかく横浜に来たんだから、山下町に行って中華料理にしよう」

「嬉しいですね。ここ数年本格的な中華は食べたことがないんです。最後に食べたのは終戦の前年に親父に日比谷でご馳走になったきり」

「食べたもの覚えているかい。なにがうまかった？」

「さあ、七、八種類食べましたが、……そうですね、鱶鰭《ふかひれ》のスープと北京ダック、炒飯、それに豚肉の料理はなんだったか覚えていませんよ」

「けっこうな料理だな。君の親父さんはかなりな食通だ」

「さあ、どうでしょうか。ただ親父は僕の生まれる前、第一次世界大戦のあと、旅順や大連で軍医として勤務していたことがあるし、その後も昭和十三、四年ごろにはよく満州の奉天（瀋陽）や新京（長春）に生命保険会社の社医として出張していたから、中華料理はくわしかったんじゃないですか」

「そうだろう。そうに違いない。君がそういう親父さんに育てられた人とわかれば、ご馳走のしがいがあるよ」

そういって彼は桜木町の駅前から私をタクシーに乗せてくれた。

神奈川県庁を左に見て山下町に入り、中華街の入口で降りた。店はかなり立派な構えで、北京料理店だった。

先輩の友人は左側の奥の丸テーブルに座ってビールを飲んでいた。堅い頑丈な木製の大きな椅子からその人は立ち上がった。

「佐久間先生、こちらが藤井君です。僕の中学の後輩で、医学徒だ。藤井君、こちらは佐久間先生、内科医だ。十全病院（横浜市立医大附属病院）に勤務している」

「はじめまして、藤井です。よろしくお願いします。向井さんには中学時代からなにかとお世話になっていました」

「向井先生、いい後輩がいるんだね」

「それほどよい後輩ではありません。向井先輩のようにできがよくないです」

「いや、そんなことはない。藤井君はけっこうな趣味人だよ。ピアノを弾いたり、雑誌に投稿することもあるし、馬にも乗れるよ」

「それはすごい。それで藤井君はどんなドクターになりたいの」

「まだなにをやるか決めていません。ただ精神科や異常心理学には興味がありますが」

「おや向井先生、藤井君の指向するものは臨床じゃないね。相当大変だな」

「まだわからないよ。いろいろ変化するから。もう二、三年のうちに方向が決まるだろう」

この二人の話を聞いていて、研一は自分のことを話題にされていることが体裁悪く、返事のしようがないので、なんとか話のテーマを変えようと思い、

「向井さん、横浜に移ってこられたころの街の話を聞かせてくださいよ」

と向井さんに話をふった。

「そうだな、自分が来たころはまだトラクターが瓦礫の山を片付けているところをよく見たが、最近はほとんど見られなくなったな。しかしよく短時日の間にきれいにしたと思ってい

るよ。戦後の整理に必死だったのだろう。とにかく横浜の空襲は六百機以上の爆撃機が焼夷弾や爆弾を投下したそうだから、全市の三分の一くらいはほとんど潰滅したようだね」

こんな話の間に研一は次から次へ運ばれてくる料理を甘い招興酒とともに飲みこんでいたが、話題が自分の将来に関することだったので、その晩はなにを食べたかよく思い出せないほどだった。三時間近い交流のあと、再会を約して横浜をあとにした。

この一カ月後に研一は横浜へ出向き、それから四、五年、横浜の街に住むことになった。

中区末吉町四丁目は、京浜急行黄金町駅から歩いて五、六分のところにある。この付近には小さな薬局、三味線・琴の製作・修理の店、豆腐屋、総菜店、看板製作の会社、売春宿など、じつに雑多な店舗が軒を接していた。

研一は、自宅から四、五軒先にある風呂屋に何度も入りに行った。自宅の小さな風呂よりも大きな湯船につかることは疲労の回復に資すること大であった。

風呂屋では、三味線修理をやっている七十歳を過ぎた老翁とよく一緒になり、背中を流しあうこともあった。そのような横浜の下町の人情に触れることが嬉しかった。この老人は、研一が末吉町に住んでいたある冬の日の午後、風呂屋で突然大量の吐血に見舞われ、救急車も間に合わず生命を終えたようであった。あとで担当医から聞いたのであるが、古い梅毒があり大動脈瘤が破裂し瞬時に死を迎えたということであった。研一には壮烈な最後のように思われた。

こんなことがあった半面、研一が住んでいた家の裏には建具の職人が工場を持っていて、使いやすいライティングデスクや本立てを作ってもらった。これらはそれから二十年、二十五年の長きにわたって使用に耐えるものであった。

三月末の霞が中区の広い日本大通りをおおって港の潮の香りととけあい、気怠い午後になっている。桜の蕾みは大きく膨らみ、枝の先には二、三輪、薄桃色の花をつけている。

この通りの建物はアメリカ軍に接収されているものがいくつもあったが、県庁は温存されていた。

この通りがもっとも趣深くなるのは、晩秋から初冬へ季節の移りに敏感なイチョウがゴールデン・イエローの葉を落とし、冬支度を始めるころだが、その異国的な風景と市電はよくマッチしていた。

この通りは散歩のコースとしても研一が好きなものの一つであった。

道路を通る自動車の八割はアメリカ人の運転によるもので、フォード、クライスラー、リンカーン、プリムスなどをはじめとして、ダッジ、オールズモービルとその種類も多く、研一は羨望を禁じ得なかった。

そんなある日、研一はアレキサンダー・コーノというヨーロッパ系のアメリカ兵にプリムスを運転させてもらったことがあった。

「これは大衆車だよ。国ではリンカーン・コンチネンタルに乗っているんだ」

という。アレキサンダーの話を聞いても、アメリカ車のことはあまりよく知らないのでコメントのしようがない。

研一はそれまでニッサンのダットサンとフランス・ルノーのように小さな車だけしか運転したことがなかったので果たして運転できるのだろうかと思ったが、ハンドルを握ると、その柔らかさにまず驚いた。アレキサンダーが左手の小指一本でくるくるハンドルを回すのを見ていてなんと気障なと思ったが、実際に運転してみると、左ハンドルなことも大型車なことも感じられないようにスムーズに動かせたのでびっくりした。

まだ路上にはそれほど車の数は多くなく、ちょっと厄介なのは市電の交差点くらいのもので、それも見通しの悪いところは市内にはあまりなかった。

ある時、大磯に住んでいた吉田首相が作らせたワンマン道路という異名のある湘南海岸沿いの道を、二人の友人を乗せてアレキサンダーの運転で走ったことがある。横浜市内を出て、東海道を戸塚から原宿を抜け藤沢の遊行寺を過ぎるころには、彼がどんどんスピードを上げるので、運転席の隣に座っていた研一は、思わず両足を踏ん張ることが何度もあった。どのくらいの時間走ったのかわからなかったが、あっという間に江ノ島海岸に到着した。後ろの座席にいた友人二人も、海岸の広い道路に出て彼がスピードをゆるめ停車すると、「ふぅー」といいながら外に出てきた。そして、「帰りは列車で帰るよ。またあんなに飛ばされては生命が縮むよ」と研一にささやいた。結局帰路は研一だけが車に乗せてもらったが、スピードを七十キロくらいに落としてもらった。

約束していたスキヤキ店の「竹うち」に、研一とアレキサンダーが着いてから三十分くらい遅れて友人二人は入ってきた。アレキサンダーの運転技術はもちろんすぐれていたのだろうけれど、車の性能も国産車とは比較にならぬほどよかったのだろう。

昭和二十五年には、中区尾上町にモータープールがあり、大桟橋に到着した米兵の家族たちの荷物が揚陸されていた。

同年新春には、初めてお年玉年賀ハガキが各戸に配達された。

市内の公衆浴場でも電化されているところには電力の特別配給が一日中行われ、暮れの三十日から正月三日まで、十年ぶりに朝湯を楽しむことができたと研一は近所の年寄りから聞かされた。また各家庭でも、米が十年ぶりに七分づき米で配給になり、しかも遅欠配なしで、横浜では餅米も四日分が特別に配給された。

このころになると、日本の工業生産は戦前の六〇パーセント近くに復旧していた。輸入の好転によって主食の配給がかなり順調になっているのに加え、一連の経済政策による「金づまり」の結果、闇値が目に見えて下落していった。

価格下落の著しかったのは、農家や零細企業で生産されたものであった。そこでの生産品を直接買い出してきて並べただけの屋台や露天形式の闇市は、生産費以下の売り値となると、仕入れもできず商売にならなくなった。一定以上の資金と信用をもつ独立店舗がそのあとにできてきたのは当然のことであった。


昭和二十五年六月下旬、朝鮮民主主義人民共和国が韓国に宣戦布告し、十一カ所から進撃したと知人のアメリカ兵に聞いた。

しかもこの時期、米軍が韓国に武器を送ったが、これがこの後、米軍がこの両国の争いのなかに入るきっかけとなった。結果はマッカーサーが空軍を出動させ、地上軍もこれに呼応した。しかも在日米軍を主にして、戦闘能力の補充には「占領下日本」のあらゆるものが動員された。

もっともこれは日本にとっては、物資調達からはじまって、多数の労働者雇用とそれにともなう支払いなどで大変潤うことになった。

日本では、「暁の脱走」「また逢う日まで」「きけわだつみの声」など反戦映画の傑作が昭和二十五年の上半期に封切りされたが、これは研一には戦争を否定する知識人たちの精一杯の抵抗だと思われた。

このアメリカ軍の軍事介入は、「反共」を唯一の理由に実行されたものであった。


ある日の午後三時ごろ、先年中華街でご馳走になった向井先輩と佐久間先生から、

「突然な話だが、君の意見を聞きたいことがあるので、これから一一五病院に来てもらえないだろうか」

という電話が入った。一一五病院というのは松屋デパートを接収してアメリカ軍が病院にした施設で、当時は朝鮮戦争で傷ついたアメリカ兵が多数収容されていた。

玄関のドアを押してなかに入ると、二人の知人とキャプテンの襟章がついているアメリカ人が研一のところに歩みよってきた。

「藤井君、彼はキャプテン・ブラウン、内科医だ。ここには現在プシアトリスト（精神科医）が不在なので、君の意見を聞きたいということなのだよ。われわれも時々、彼から相談を受けて出向いてきているんだ」

「先輩、私は精神病理学を専攻していますが、臨床ということになるとどうでしょうかね」

キャプテン・ブラウンは研一と向井さんの話を聞いていたが、研一に向かって問題の患者の説明を早口で始めた。このころになると研一も米語をどうにか聞き取ることができるようになっていたが、キャプテンの米語は南部訛りでワン・センテンスごとに聞きなおす始末だった。それでもキャプテンの話の大意はわかった。

この患者は戦場で、ある時突然、意味不明な言葉を発し暴れ出したので、朝鮮半島からヘリコプターでこの病院に運ばれてきたそうである。おそらく激しい分裂病の心配があったので、野戦病院では処置が大変だと判断したのだろう。

しかし、キャプテンの説明を聞いているうちに、どうも精神異常には違いないが、分裂病ではなく、心因反応ではないかと思った。それで反応に対する処置について研一なりに助言して、その日は向井さん、佐久間先生と病院で別れた。

一週間くらいたった午後、研一のところへ向井さんから連絡が入った。

「あの時は突然の電話で大変失敬した。あの患者はあれから四、五日の加療でほとんど正常になったそうだ。キャプテンからくれぐれもよろしくという伝言をもらったよ」

「それはよかったですね。お役に立てて、嬉しいです」

「いや、こちらこそ嬉しいよ。また機会をみて食事をしよう」

研一は暇があると、週に一、二回仕事の合間を縫って横浜の市内を歩いたり、市電で知らない街へ行くのが楽しみになった。

野毛の界隈に散歩に出かけた折に、街の変貌を眺めたが、百以上あると思われる中小の店舗が実に変化に富んでいて、仏具屋にはじまり、小間物屋、文房具屋、呉服店、米屋、寝具店、八百屋、酒店、肉屋、洋品店などが無秩序に並んでおり、しかもどの店にもかなりの数の客が群れていた。表面的には殷賑《いんしん》をきわめていたが、内実はどういうものだったのだろう。かなり厳しい経済環境のように思われた。

野毛にくらべると伊勢佐木町の復興は遅れていて、人通りも少なかった。

五月半ばの輝くような陽光のなかを、午後二時ごろ、市電で阪東橋から吉野町三丁目に向かった。阪東橋の下を流れる吉田川を渡り、吉野町の交差点を左折して滝頭《たきがしら》方面へと向かうと、千代田生命の支社や朝日新聞の吉野町にある配送所の看板が右側の道路沿いに目に入ってくる。左にはコカ・コーラの大きな広告塔が二階の屋根の上にのっていた。

吉野町三丁目で乗り換え国道十六号を中村橋の停留所を過ぎ、かなり広い歩道を見ると、大勢の人びとがいろいろな商店に出入りしていてにぎやかな通りだと思った。掘割川に沿って天神橋に至ると、そこはもう横浜市南区になる。

中区と南区とはそう違うわけではないが、街の雰囲気がなんとなく変わってくる。根岸橋、滝頭を抜けるころ、近所に住んでいる子どもたちだろう、運転席の後ろに身体をよせて早く移っていく町の模様を楽しんでいる姿がほほえましく、その気持ちは研一にしても同じだと思っていた。

この時には八幡橋《やわたばし》、間坂《まさか》を過ぎて磯子まで行ったが、沿線の商店は文字通り多種多様であり、その風景は興味深く、帰りには反対側に座ってあきることなく町並みに目をやっていた。焼け残った家と新しく建設した店や家が雑然と混在していて、人間が生活している実感を強く覚えた。

地肌を出した小さな丘の斜面が目に入り、電車は川面に車体を写しのんびりと走っていた。南区に入った電車は、中村橋、睦橋を抜け、吉野町三丁目に着く。ここで弘明寺《ぐみょうじ》から延びる市電に乗り換えると、吉野町一丁目、阪東橋に至る。ここから末吉町四丁目の借家までは五、六分の歩きでもどってこられた。

この市電での旅は、自転車に乗り、それまで知らなかった町の風景をあきずに眺めていた子どものころの自分とまったく同じで、七、八歳のころの関心のあり方が、二十六、七歳になってもまったく変わっていないことに改めて驚いていた。

こうして横浜の街を市電で回ってみると、橋と名のつく停留所の多いのに驚くが、これはいかに横浜には川、運河、掘割が多いかということで、横浜は川の街といっても過言ではない。

研一にとっては、子ども時代の東京・井萩や上荻窪と同じく、青春時代の数年を送った横浜には他人には理解しにくいほどの郷愁を覚える。

昭和二十六年ごろ、研一のところに住宅の月賦会社の営業部員だった中野さんが勧誘に現れた。二、三度訪問を受けたあと、その会社の積立に加入した。

この中野さんはなかなかな営業マンで、自分の勧誘した顧客を何人か研一に紹介してくれた。

そのなかに横浜での知人、新目《にいめ》さんがいた。新目さんは浅間下《せんげんした》に家を作り、研一は中区の地蔵坂に小さな住まいを新築した。地蔵坂は、山手から根岸にかけて外国人遊歩新道が開通すると、新道の始点、終点にあたる坂としてできたのであるが、研一はその地蔵坂の中腹に家を建てたのである。

新目さんは大変な器量人で、戦後五、六年なのにかなりな経済活動をしていた。

その仕事の一つとして、桜木町駅前に三百台以上の最新の自動式のパチンコ台を備えた店を盛大に開店した。一分間に数十発以上打てるので、見方によってはギャンブルともいい得るもので、遊びの感覚では入りがたくなった。

研一もわずか二、三十分で、三、四千円は軽く失うことがあった。しかし庶民の楽しみとしては手軽な遊びだったのだろう。カバンを抱えたサラリーマンや商店主、またある時は復興工事がさかんで、そのため肉体労働者たちは収入が多く、そうした現場から引き揚げてきた人びと、あるいは駐留軍要員のグループたちで、いつ行っても満員の盛況だった。もっともただ賭けた金を「する」ばかりではなく、客の何割かは三回に一回くらいは投下資金の二倍、三倍の景品を獲得していた。しかもその景品をすぐかたわらの引換所に持っていって現金に換える人も多かったようだ。

研一はギャンブルはあまり好きではなかったので、当時はやりだした競輪、競馬はもちろんのこと、このパチンコもそれほどやりたいとは思わなかった。ただ新目さんとの交際があったので、パチンコ店の裏話をいくつか聞く機会があった。

新目さんは当時四十五歳くらいだったと記憶しているが、自分の出身地であった岐阜選出の代議士の後援会神奈川支部長として相当な献金をしていたようだ。店ではかなり荒稼ぎしていたようだが、一方で多額の選挙資金を投げ出していた。将来、国政選挙に出るつもりかどうかは聞きそびれたが……。

それはとにかく、この時代徐々に増えはじめた関内の高級料亭に案内してくれては、二、三時間の清遊に二人の友情を深めたが、何度ご馳走になったことだろう。

新目さんには神奈川区に弟が在住していて、横浜駅の近くで美容整形のクリニックを開院していた。これが時流に乗り、他の駅前にもチェーン店があり、二カ所にクリニックを開いていた。

たしか新目さんは、戦中は陸軍中尉としてスマトラで軍務についていたはずである。もちろん召集によるものであった。軍部に対する批判は相当に強烈で、軍隊経験のない研一にとっては耳新しいことが多かった。

研一は戦後いろいろな戦記を読んではいたが、新目さんのような実戦の経験談には興味をもった。戦争のばからしさ、理不尽なこと、軍用機の滑走路を苦労して建設しても、それがあまり利用されなかったというような種類の話を聞くことがあった。

この新目さんにある時、横浜市内の市電の路線図についてちょっと思いついた計画を話したところ、それは大変面白いから是非作ったらよいといってくれた。そこで研一は各地に広がっている市電の系統図を作製した。新目さんはこれを印刷しパチンコ店に置いて客たちに配っていたが、大変評判がよく、新目さんの知り合いが経営していたレストランなどにも置いてあった。その後思いがけない人から研一はこの系統図についての批評を聞くことがあった。これを使った人たちはかなり重宝したらしい。

　新目さんとの何度かの交流のあと、元町のバス停から右に入り、川沿いにある石川町で小児科の診療をしていた小菅ドクターとのつきあいが始まった。研一と新目さん、小菅ドクターの三人はなぜか気があい、研一の住まいが中区の地蔵坂にあった関係もあって、よく三人で中華街の料理屋に行っては会食することになった。二人とも料理にくわしく、研一はいろいろご馳走してもらった。

　食事時を過ぎても、飲茶や招興酒を飲みながら二時間くらいはすぐに過ぎてしまった。

　小菅ドクターは五十歳過ぎで、戦前の女子医学専門学校出身だった。そのころご主人はすでに亡くなり、子どもは独立して東京にいた。家には看護婦二人、家事手伝いの人と四人だけでかなりのんびりと診療していた。当時は新生児の出産が多く、小児科医は誰も多忙な時期であった。しゃれた先生でダンスもうまく、研一なぞ太刀打ちできないほどであった。色白で小柄な体格であったが、顔立ちはよく、ドイツ語や英語を交えての会話も洗練されたものだった。

　研一も新目さんも小菅ドクターとの二、三時間の交遊は愉しく、また趣味の話には教えられることが多かった。

研一が時々小菅ドクターのクリニックに行くと、いつでも待合室には外国人と日本人との間に生まれた子どもが二、三人若い女性に付き添われて、治療を待っていた。

この子たちが、日本女性とアメリカ兵との間にできた子どもだということはすぐにわかったが、それにしても付き添っている若い女の子の子どもではないようで、一度その女の子たちに理由を聞いたことがあった。若い女の子たちはいずれもまだ独身で、京浜急行の井土ヶ谷駅の近くにある孤児院の職員たちだった。

この孤児院は松崎という篤志家が、当時あまりにも外国人と日本女性との間に生まれた子どもの捨て子が多かったことから、その子たちの生活の場を作ったところ、この施設に置き去りにされた日本人の子どもも多く、六、七十人を超えていた。

二、三十人以上収容したころから政府の助成も始まり、看護婦、賄い婦、事務員、乳幼児を世話する人びとと職員はしだいに増えていった。研一はここに勤務していた看護婦の一人から、その後この施設には小児科医が週二回来所して乳幼児の検診に携わっているということを聞いた。

この当時大磯に、元フランス大使の沢田氏の夫人がエリザベス・サンダース・ホームを開設していて、入所しているのはほとんどアメリカ人と日本人との間の子どもだったが、日本のなかでは最高の施設として日本中から見学者があとを絶たなかったようである。

研一もある時、子どもたちに渡す玩具を車に積んでサンダース・ホームに出向き、理事長の沢田夫人に会ったが、その時に想像を絶するような話を聞いた。

そもそもこの場所は三菱財閥の所有にかかるもので、財閥の娘の沢田夫人がこれを使い福祉事業を始めたということであった。ここで捨て子をはじめとして、敗戦の落とし子たちを収容したのである。しかも同じ女性が一度ならず二度、三度とアメリカ人との間の子どもを産み落とすと、ここへ運んできたことがあると聞きおよぶに至って、なんという悲劇かと思うとともに、それを引き受けた沢田さんの人間としての広い心と温かさに賛嘆の気持ちを禁じ得なかった。

小菅ドクターや新目さんも研一からの話を聞くと、井土ヶ谷の孤児院はもちろんのこと、サンダース・ホームにも何度か献金やいろいろなプレゼントを持参して出向いていた。

こうした施設では年を経るにしたがって、就学の問題も難しいことの一つであった。沢田夫人は、この孤児たちのうちかなりの数の子をアメリカ人の養子としてアメリカ本国に送り出していた。これは大変な労力を必要とした。またサンダース・ホームでは施設の一環として小学校を設立し、小学校教育を実施した。その上の中学、高校についてはどうなったか研一は知らない。

このことを考えると、当時の日本の産児制限についての認識と規制には疑問が多々あった。

もっと簡単に中絶手術を認め、また避妊の方法を指導すれば、ここまでの捨て子の問題は出なかったであろうと思う。もちろん妊婦の精神、肉体の保護が必要であることは論をまたないが……。

研一は産婦人科の医師たちからこの当時の中絶の様子を聞き、その多さに驚いたことがある。それにもかかわらず、これだけの数の子どもが出生していたのである。これは横浜での外国人と日本人の同棲や売春の多さを証明するようなことである。

この問題については小菅ドクター、新目さんともに憤慨するだけで、これといった妙案は考えられないようであった。

この時代は、中絶のため母体を傷めるケースもかなりあった。おそらく中絶の要求が多かったために、専門医でなくあまり経験のない他科のドクターが手を染めたためではなかったろうか。

ある土曜の夕方、小菅ドクターと新目さんに中華街でご馳走になったことがあった。時刻は八時前だったのだろう。突然小菅ドクターから「藤井先生、これからダンスに行きませんか」といわれた。

「いつものところですか」

「いえ、いつものサクラ・ポートではないのよ。近ごろ新目さんとよく一緒に行くクリフ・サイドよ」

「へえ、小菅ドクターや新目さんはクリフに行っていたんですか」

「そうよ、あそこはバンドもフロアもよいし、ダンサーは粒が揃っているわよ」

研一はこれを聞いてびっくりした。これまでに何度か友人たちと行っていたので、なじみのダンサーが何人かいたのである。

店の前でタクシーを拾い、六、七分後にはクリフ・サイドに着いた。

入口のドアボーイは研一の顔を見ると、

「いらっしゃいませ、おや今日は珍しい方がたとご一緒ですね」

この挨拶を聞くと、小菅ドクターと新目さんはお互いに目を合わせ、間髪を入れず、

「藤井先生もここに来ているの」

という。研一は微苦笑しながら、

「ええ、たまに友だちと来ることがあるんですよ」

「へえ、先生も隅に置けないわね」

ホールに入るとミラーボールの輝きとバンドの演奏とで瞬時に別世界へ入っていった。

小菅ドクターと新目さんはなじみのダンサーを三人呼んだが、そのなかに研一も知ってい

る京子がいた。

「あら、小菅先生、今日はどういう風の吹きまわしで藤井先生とご一緒なんですか」

「京子ちゃん、藤井先生を知っているの」

「ええ、時々ヘルプで呼んでいただいているんですよ」

「驚いたわね。藤井先生は相当な顔なのね」

「そんなことはありませんよ。友だちに誘われて時々来るだけですよ」

それからの時間、顔見知りのダンサーが三、四人挨拶に来るので、二人の年輩の知人にどんな顔をしていたらよいのかわからず、ダンスもわずか小菅ドクターと一度「煙りが目にしみる」の曲で踊っただけだった。

この時から研一はすっかり認識を改められてしまった。

それぞれ研一にとっては母親のような年齢の女性であり、また男としては大先輩に匹敵する二人から一人前の男のように扱われたのでこそばゆかった。

これ以後なにかあるとクリフ・サイドに誘われ、知らず知らずかなりの数のダンサーとも顔見知りになった。陽子や寿美《すみ》ともこうして近づきになった。

このころ、新目さんにとっては、強大なライバルが現れた。野毛のマッカーサー劇場が

「地獄への道」を最後に休館し、そのあとに数百台を擁する横浜一のスケールのパチンコ店が蛍光灯下に開店したのだ。同時期ごろから日用品の闇市が終わりを告げた。この状況を打開する方法として、もう一、二店舗を盛り場に出す予定と新目さんに聞かされた。

当時の横浜の世相はどうであったのか、研一は政治経済にはそれほど関心がなく、また確かな判断ができるとは思っていなかった。それでも、南区の前里町に住んでいた宮川さんという、駐留軍要員としてアメリカ軍の基地に勤務していたなかなかなインテリの知人がいて、月に何度か会ってはいろいろ話しあうことがあった。

彼によると、アメリカの占領政策は初期には民主化に力を入れていたが、昭和二十四年ごろからドッジラインなどによって租税を改革し、大企業を中心に日本経済の再建がはかられたという。また中小企業に対しては、かなりな荒療治により系列化や整備を強行したそうである。これらのことは占領軍の絶対的な権限を背景に進めたのだと話してくれた。

昭和二十六年には横浜市の人口は百万人を突破した。増加した人口の六〇パーセントは市外からの流入によるもので、総人口に対する生産年齢人口の比率は高く、その分就職は大変だったろう。

戦後横浜に多かった風太郎は流動性が高く、就労の状況はホームレスと紙一重のもので、福祉施設や廃船となった「はしけ」を運河に繋留し、簡易宿舎に改造してそこに常住する者が何百人もいるといわれた。横浜には運河が多く、どの運河にもこうした「はしけ」が何十杯と見られた。

昭和二十六年の春に、桜木町駅付近のガードの上で、昼過ぎ突然電車が燃え上がったことがあった。死者、重軽傷者ともに百名近い犠牲を出した。この時研一は尾上町にいたので、騒ぎを聞くと急いで現場に駆けつけた。すでに桜木町から横浜駅へ向かう道路はいっぱいの人で現場には行けなかったが、その悲惨な様子は想像を絶するものだった。

ある時研一は、知人のアメリカ兵から「日本語慣用句集」という赤い表紙で文庫判の面白い小冊子を見せてもらった。このなかには、たとえば最初の一行目には、Help-Tasukete（助けて）とか、O-Too-foo（お豆腐）、mee-so-scheeroo（味噌汁）などが出ている。これがPhrase Book（日本語慣用句集）である。

これはもともと昭和十九年にアメリカ陸軍省が刊行し、前線の将兵に配布したもので、多数の兵隊が進駐した横浜では市民と米兵との意思の疎通のために大いに活用されたものだと思う。

日本でもＮＨＫラジオで、「カムカムエブリボディ」のテーマソングで始まるやさしい米会話番組が放送されるようになり、米語熱が全国に伝播した。それとともに陽気なヤンキー気質をあらわにした米兵たちと市民との日常的な交流が、いろいろなところで見られるようになった。

また馬車道にあったみやげもの店に入っている何人もの婦人兵（WAC）や、彼女たちが買い物のあと中区にあったオクタゴン劇場に入っていくのを目にすることがたびたびあった。

初夏のころ、軽装で元町にあるスーパーマーケット、ユニオンに出かけた。外国人が多い町なのでチーズ、バター、ケーキ、チョコレートに至るまで、一般の店では扱っていないようなものが置いてあり、研一は時々買い出しに来ていた。地蔵坂の自宅からは歩いて十二、三分なので、ちょうどよい散歩のコースにもなった。

二、三の買い物をすませた時、軽く背中をたたかれ、「藤井じゃあないか。木下ですよ」という声に、後ろを振り向くと、中学時代の友人の木下が立っていた。

「よう、しばらくだね。卒業以来かな」

「ああ、僕は外語のロシア語を出たあと三年ほど関西に行き、その後ソビエトに二年留学し、今は私立大学のロシア語の講師をしているが、最近この元町から山手の通りに出る坂の途中に家を建てたんだよ。君は」

「いやあ、それは偶然だね。僕も地蔵坂のところに昨年小さな家を建てたんだ。安藤の設計でね」

「そういえば安藤は早稲田の建築科に行ったんだっけね」

「ああ、彼とは卒業後もなにかと連絡があるが、先ごろも三浦が時々横浜へ来ているので三人で会ったよ」

「それはますます奇縁だね。三浦は医学部を出て、産婦人科医になったそうだね」

「よく知っているね」

「うん、三浦とよく会っている小川から聞いたんでね」

「そうか、小川の家も駒込だから三浦とは近所なんだな。小川はどうしたんだろう」

「彼は電力会社に就職して、なかなか忙しいようだよ」

「真面目な男だったから似合いの仕事だな」

「そうそう、なんでも鉄鋼会社と両方に受かったが、これからは電力が産業の基幹になるとか……。先日も講義をしてくれたが、こちらは生産事業とは関係のない文学の世界だから慎んで拝聴したよ」

「それはよかった」

「ところでもし予定がなかったら、その先の菊久屋でコーヒーでもどうだろう」

「ああ、いいね」
それから積もる話をかなり長時間することになった。
お互いに家の所在を知らせ、近日両方の都合のよい時に会う約束をして別れた。

木下は今、『イワン・デニソビッチの一日』という本を翻訳して、ある出版社から出すことになっているそうで、大学には週二回出講するだけで、あとは自宅と図書館でこの本を仕上げるのに忙しそうだった。彼にくらべると研一には時間の余裕はあったが、仕事のじゃまをしてはまずいと思い、その後、こちらからは積極的に連絡はとらなかった。

中学時代は物静かな少年だったが、当時からすでに絵画や音楽にかなり深い関心と鑑賞眼があったようで、これは彼と親交のあった安藤から聞かされたことがあった。その当時から約十年経過していたが、文章にしても、ことにロシア・イコンについてはすばらしい見識をもっていた。このことは、当時木下の近くに住んでいた旧知の三浦からも聞いたことがあった。

木下は、後年東京大学でもロシア文学の講座をもって、講師として学生を指導するかたわら、ソルジェニツィンの『収容所群島』数巻を発行する偉業をなしとげた。ただ当時のソビエトの政治体制からは反体制側の人間として数度の渡航申請も却下され入国できず、反体制側の芸術家たちとの交流は、スイスその他でやらざるを得なかったという話を、のちに聞く機会があった。ピアニストのリヒテルとも親交があったようである。彼の家では吟遊詩人のオクジャワのレコードをテープにとったこともあった。

一方では、医学部の仲間で眼科の医師として地域の住民の信頼が厚かった秋田も、尾上町に立派なクリニックを開設していた。

こうしてみると横浜には中学、大学時代の友人が何人もいたが、研一の生活にくらべると、それらの友人たちの生活態度はいずれも立派なもので、今は皆鬼籍に入っているが、その人生は誇るに足りるものと思っている。

昭和二十六年、十一月の輝くような夕暮れの光のなかを四時過ぎ、阪東橋から吉野町三丁目に向かい、そこで乗り換えて天神橋、根岸橋を抜け、葦名橋《あしなばし》、間坂を通り磯子に着いた。田中さんの家はここから歩いて七、八分のところにあった。

かなり広い屋敷で、幸い戦災は免れたようであった。庭の様子は庭園といってもよいくらいで大小の石が形よく配置され、小さな池まで作られていた。藻の間には魚の影が二、三見られた。戦前からの名家だったのだろう。戦後すぐに尾上町の角のところに四階建てのビルが建てられるくらいであったから、金庫業というのはかなり資産家でないとできないものなのだなと思った。

あいにく当主の田中藤太郎さんは不在だったが、息子のお嫁さんの君子さんが抹茶と干菓子を持って挨拶に来た。なかなか礼儀正しく、研一も威儀を正して一服いただいた。

この日研一は、田中金庫ビルの二階と三階を借りる目的で訪問したのである。


田中氏本人と会ったのは、その年の十二月初旬のことであった。

きちんとした身なりの老人が、ゆっくり地蔵坂を下って石川町の方へ向かっていった。散歩を終えて帰る感じでゆっくり歩いていた。昔はやった三つボタンの三つ揃いを着、金の握りのついた籐のステッキを抱えていた。

過ぎ去った青春の面影を宿しているようなやや色のうすれた瞳は、はげ上がった頭皮と奇妙な対照をしている。老人はそのうすい瞳であたりを静かに眺め、夕陽のもやに包まれている横浜の街を見下ろして立ちどまり、研一の山手の家への階段に足をかけた。

家のなかからこの老人の動きを見ていた研一は急いで玄関に行き、ドアを開けて家に招じ入れた。

研一の若い友人の啓二が、この田中金庫ビルの二、三階にクラブを作って営業したいということで、研一が必要な資金を用意する約束をしていた。

啓二は研一より三歳ほど若年であったが、文化学院で演劇の勉強をしていた。しかしどうも学院にはあまり出ていないようであった。母一人子一人の母子家庭だったが、貸家も数件所有して生活には困らぬようであった。なにかというと研一のところに来ては演劇の話をするようになった。

研一は当時、東京に劇団の演出をやっている天野という友人がいた。彼とはアテネフランセで一緒にフランス語の教室に席を置いたこともあった。所属していたのは「ぶどうの会」というかなり著名な団体で、山本安英が主催していた劇団であった。この劇団の出しもののなかでは「夕鶴」がもっとも著名なもので、研一は天野君のすすめで何回か観劇の機会があった。

昭和二十七年三月下旬の昼下がり、中学時代の友人安藤が研一のところへ遊びに来た。彼に「珍しい人に会わせるよ」と話すと、「誰だ、誰だ、すぐにそこへ行こう」という。それで大岡川にさしかけた小屋の一つへ案内した。

黄金町の駅から五、六分のところを流れる大岡川には、河岸からさしかけを川の流れの上に出し、四畳半くらいの部屋と簡単な食事ができるスペースを確保した建物がいくつもあった。もちろんこれは不法な建築物であるが、街の中心部を大きく駐留軍によって接収された横浜市民にとっては止むに止まれぬ行為だったのだろう。

「こんにちは」

と、研一が扉を開けて声をかけると、

「おお、よく来たな、元気か」

という若々しい声が返ってきた。その声を聞くと安藤は、

「なんだ、三浦じゃあないか。どてらなんか着てどうしたんだ」

「どうもしないよ。俺は時々ここに来ているんだよ。彼女は以前からの知りあいだ」

その女性には、研一は数回会っていた。彼女は三浦の父親の病院の患者だった。

三浦は中学の仲間うちでは研一や安藤より大人であり、その人生経験には皆一目置いていた。

この家は小料理屋として営業していたようだ。女性はすぐに立って茶菓子の用意を始めた。一休みすると三浦は外出着になって、せっかく三人揃ったのだから、面白いところへ案内しないかと研一にいう。

研一はクラブやダンスホールは三、四知っていたが、三浦が一緒では芸者が呼べるところがよいだろうと思い、あまり遠くない曙町の料亭に行き、女将《おかみ》に芸者二人と箱（三味線弾き）を頼んだ。幸いまだ夜には間があったのだろう。二十代と三十代の女性と初老の三味線

弾きがすぐ来てくれた。

三浦は三十代の女性が気に入ったようで、盃で二、三杯乾《ほ》すと早速小唄を所望した。

三味線は三下りで「今宵は雨」を渋い声でうたい出した。

「今宵は雨か月さえも　傘きていづる朧夜に　ぬるる覚悟の船の内　粋にもやいし首尾の松」

次は本調子で「初雪」という小唄だった。

「初雪にふりこめられて向島　二人がなかに置達磨　ささのきげんの爪弾は　好いた同士のさしむかい　嘘が浮世か浮世が実か　誠くらべのむねと胸」

この小唄には安藤も研一も三浦に脱帽した。三浦のように二十歳そこそこで紅灯の巷に出入りしていなければ鑑賞不可能である。

安藤は酒は研一よりはるかに強かったので、「これは酒が入らなければ聞いていられないよ。冷やで持ってきてくれないか」という始末だった。

研一もわずかに知っている「夜桜や」や「主さんと」を頼んだが、三浦は女と一緒に口ずさんでいた。

この時には三浦はすでに医大を卒業し、二、三年出身大学の産婦人科教室に席を置いていたはずであるが、どのようにして東京・駒込の家からこんな横浜の場末の一杯飲み屋に出向いてきたのだろうか。研一はくわしく尋ねたことはなかったが、研一の想像を超えるような事情があったのであろう。

三浦との横浜での交流はこの後二年ほどで終わった。その後は東京でのつきあいになった。考えてみると、研一と三浦が田端と日暮里の間にある中学に通学していた当時、二人が五年生になった秋、

「おい、藤井よ、女は憐れな存在だし、気の毒だな」

と、彼の家へ行く途中の道で突然話しかけられ、研一はなんのことだか見当もつかなかったことがある。

彼の父は産婦人科の病院を駒込の神明町で開いていた。彼の家に着くと母親が玄関まで出てきて、丁重に迎えてくれた。

部屋に入ると本箱がすぐ目に入ったが、なかには日本文学全集、世界文学全集などがきっちり並んでいて、その読書家ぶりに驚かされた。全部読んだのではないだろうが、読みたい時に古典、近代、現代の文学書が読めることは大変なことだ。

メイドさんもいたはずだが、母親がお茶と菓子を持って再び現れると、「藤井さん、いつも誠がお世話になりますね。どうか今後ともよろしくお願いしますね」と改めて挨拶され、

研一はどういったらよいのかわからず、黙って頭を下げた。

学校の仲間の話を三、四十分したあとだったろうか、

「おい、病室へ行かないか」

「病室へ行ってどうするんだ」

「いや、俺の知っている患者が入院しているんだ」

「ええ？　女の入院患者と知り会いだって？」

「うん、これで二度目の入院なので知っているんだ」

「どんな病気で入院しているんだ」

「二度とも妊娠中絶だよ」

「理由がないと厄介だと親父に聞いたことがあるよ」

「うん、よく知っているな」

「うん、僕の親父も医者なんだ。もっとも内科だが」

「そうか、なるほどね。この患者はつわりが強いんだそうだ。それで中絶することになったんだが、それよりもその相手が問題なんだよ。俺の見るところ、彼女はその男に騙されているると思っているんだ」

「へえ、そんなことまでわかるのか」

「うん、俺なりに女の哀しさを感ずるんだ」

研一はその言葉を聞くと、三浦は女性については自分などよりもはるかにいろいろ知っているなと思った。それからすぐ彼は母親が持ってきてくれた菓子を袋に入れると、研一とその患者の部屋に入っていった。

研一たちより四、五歳年上の女性がややややつれた様子でベッドに横になっていた。三浦を認めるとすぐに起き上がり、浴衣の前を揃え、髪の毛に手をやってほつれ毛をかき上げた。口紅もつけず蒼白な顔を見ると、目が大きく長い睫と二重瞼が形よく整っているかなりな美人の愁い顔がそこにあった。

三浦はベッドの端に腰をかけて、「彼は俺と同級生で藤井君」と紹介した。

「佐藤慶子です。三浦さんのご家族にはいろいろお世話になっています。どうぞよろしく」

中学生の研一にきちんと挨拶するのでびっくりした。

三浦は袋に入れてきた菓子を渡した。

「ほら、差し入れだよ」

「どうもありがとう。いつも気にかけていただいて嬉しいわ」

その言葉を聞くと、三浦は研一に向かってかすかに微笑んだが、その顔を見て、彼はなんて優しい人間なんだろうと驚きを通りこして感動を覚えた。

この時の彼女が、横浜で三浦と一緒に一杯飲み屋にいた女性だったのである。どのような経緯でそうなったのか、彼はぽつぽつ話し出したが、研一にとってはまったく考えられない内容だった。

ことのしだいは次のようなことであった。

「最初の手術は半年くらい前だったんだ。その時は相手の男が彼女を連れてきたが、翌日退院の時は迎えにもこなかった。彼女は銀座のバーに勤めて母親の面倒を見ていたそうだ。男はそこの店の客で、二、三回彼女となじみになると外に連れ出し、どういうふうにくどいたか知らないが、一、二カ月で彼女は身ごもった。

二度目には一人で病院に来たが、俺はその変わりように驚くと同時に彼女が可哀想になったんだ。なんでもその相手にいわれて銀座のバーから新橋のクラブに移ったそうだが、銀座のバーにくらべるとかなり程度の悪い客が多くて、苦労したといっていた。しかも今度の手術では前に比較して大変だったようで、手術後一週間も入院することになった。

この間何回か病室を見舞い、いろいろ事情を聞いたが、彼女のために義憤を感じたんだ。それがきっかけで、その後なにかあると俺を訪ねてくるようになったが、君に話すには忍びないようなことがあるんだよ。とにかく戦後さまざまな曲折をへて、この横浜に流れついたというわけさ」

研一は三浦の話を聞いていて、よくこんなところに生活の基盤が得られたなと思い、そのことも聞くと、こともなげに、

「ああ、俺がちょっと経済的な応援をしたんだ。たいしたことではないよ」

おそらく医大在学中か卒業すぐのことと思われ、感嘆久しくすることになった。

研一はほどなく末吉町から離れたので、彼女との交流も疎遠になった。三浦とは東京でのつきあいは続いたが、彼女のその後のことについては話題にしたことはない。

この時代、元町の商店街には、洋品店の信濃屋、パンやケーキのジャーマン・ベーカリー、喜久屋、宝石やアクセサリー店のココ山岡などがあり、研一はよく足を運んだ。よい家具屋もあったが、アメリカ人が帰国の際処分していったものはなかなか使い勝手がよかった。この町を歩いているのはアメリカ兵やその家族のほうが日本人より多かったのではなかったろうか。品物の揃っているユニオンというスーパーマーケットもあり、これはその後横浜のいろいろなマーケットの見本になった。

また、伊勢佐木町七丁目にある子育地蔵尊で、五月から九月にかけて一の日と六の日に縁日が立ち、大勢の人が集まった。阪東橋から三、四分のところにあるので、研一はちょっと

のぞいてみることがあった。子ども時代の杉並での縁日と同じで、出店も数十あり、なにを買うということでもなかったが、雑踏のなかを歩いていると、近所の顔見知りに会い、なんということもなく心が浮き浮きしたものだ。

時には珍しい骨董の掘り出し物を手に入れた。よくわかりもしないのに江戸末期にできたという唐津の抹茶茶碗をかなり高価で買い入れ、しばらくたってから古美術商に見せたところ、素人にしては上手な買い物をしましたねといわれて、いささか得意になったことがある。

この縁日にはいろいろな食べ物屋も何軒か店舗を張っていて、その昔東京の井荻や上荻窪の縁日で口にしたものとは一味違ったものがあり、研一にとってはそれが横浜という土地柄を強く感じさせた。

第二章　クラブ・カリオカ万華鏡

規子と峰子

馬車道で市電を降り、吉田橋を渡って伊勢佐木町に入ろうと思って大岡川の上に出ると、川風がサイド・ベンツの背広をひるがえすほど激しく吹きつけてくる。

しかし初夏の夕風は肌に心地よい。夕日の輝きが橋の欄干に浮き出ている花のレリーフを鮮明に写し出している。なんの花かは見きわめられなかったが、なんとなく豊かな気分になる。機能だけを追求していないところがよい。

P・X（在日アメリカ人の日用雑貨品を扱っている店）を過ぎオクタゴン劇場の前に出ると、派手なみやげもの店が何軒も目に入ってくる。ちょっと眺めても雑多な商品が並べられているが、われわれには考えられないような品物が日本の記念品なのかと思う。なかでも面白いのは、お能の面《おもて》やお祭りの時の派手な法被《はっぴ》などがあるかと思うと、江戸時代の絵師による浮世絵が描かれている長襦袢《じゅばん》などが陳列されていて、それぞれ日本人にとっては相当な価格である。新しいものばかりでなく、戦災を免れたものを蔵のなかから出してきたような感じのものもある。

街を行くアメリカ兵の数も多く、それらの兵隊についている女性はいずれも明るい色のワンピースやツーピース、ナイロンの靴下、白と茶、赤などのコンビネーションの靴、エナメルのハンドバッグというニュールックをひけらかすオンリー（特定の外国人と交際している女性）ふうの女性が多く、ちょっと正視しにくいなと思いながら、福富町から若葉町に入っていった。

ちょうど根岸屋の前に出たが、ここにもまた何組かの男女のカップルが入口付近に群れていた。

偶然そのなかに二人の顔見知りの女性がいて、それぞれがアメリカ兵とカップルであった。ピンクのワンピースと黄色の勝ったツーピースを着た二人は、周囲の女性たちにくらべるといちだんと艶《あで》やかであった。

誘われるままに、二組のカップルと根岸屋に入った。まだ六時前だったが、店のなかは煙草の烟《けむり》とビールやウイスキーの発散するアルコールと雑多な匂いでなんとも雑然とした雰囲気だったが、話の合間にビールを飲み料理をつついた。

この時会った規子と峰子は野毛にあるサクラ・ポートのダンサーだが、現在の相手のオンリー・ワンではないかと彼女たちの友人から研一は聞いていた。ダンサーとしては性格のよい子たちで、いずれも二十二、三歳の若い子だ。二人とも終戦の時は女学生だったという。

相手の将校は中尉《ルーテナン》の襟章をつけていた。話してみると二人とも大学在学中で、休学して軍隊に入り兵役についたのだという。あと一年くらいで除隊になり、それから大学に復学する予定といっていた。残り二年の在学を考えると、あと三年は社会に出られない。

研一は何人かの将校を知っていたが、大学を途中までという軍人が多いのに驚いた。逆に下士官や下級兵士のなかには大学を終えた人もかなりいた。大学を卒業したものも途中休学者もそれぞれ将来の希望があるように思われたが、戦勝国民という奢《おご》りはあまり感じられなかった。それよりも兵役を国民の義務と受けとり、それを果たそうとする意志に研一は感じ入った。

性格は明るい兵隊たちが多かった。やはり世界のなかで隆盛に向かう国の人びとは違うものだと思った。

占領が始まって二、三年は研一たち二十二、三歳の青年は虚脱感から抜け出せず、彼らのいかにも意欲的な国家に対する意識や行動を見ていると、あのような輝かしい青春はわれわれにはなかったなと、今さらのように失われた時が惜しまれた。

しかし、昭和二十六、七年ごろに様相は一変した。これには朝鮮動乱が大きく影を落としていた。それまでの平和な日本占領での軍務に比較すると、常に自分たちの生死をかけた軍隊生活をせざるを得なくなったからである。

規子と峰子は別のテーブルに移った研一に、

「藤井先生、ちょっと相談にのってほしいことがあるんだけど、ご都合はどうかしら」

という。

「どんなことなの。いつがいいの」

「今日これからでも、先生の都合がよければ……」

「お相手の将校たちはどうするの」

「ここで別れてもらうからいいの」

と、いともあっさりいい、ひどくさっぱりしているので、

「なんだ、貴女たちは彼らと一緒に暮らしているんじゃないのか。サクラ・ポートの友だちからそんな話を聞いたことがあるよ」

「先生、それは彼女たちの勝手な想像よ。それとあの二人の将校に関心があるので、嫉妬からそんなことをいうのよ。私も峰子も前里町のアパートで一人暮らしよ」

研一はこの規子の言葉を聞くと、なんだか二人が直面していることと、それ故に研一に相談したいといったことがわかるような気がした。

二人はそれぞれのお相手になにやら話していたが、五、六分後には研一のところへ来た。

「さあ、先生、行きましょう。どこにしようかしら」

私は静かなところでかなり長時間話さなければならないのではないかと覚悟した。

ちょっと考えてホテル・ニューグランドに行くことにした。馬車道の方へもどりタクシーを拾って、銀杏並木の続く山下公園の斜め向かい側のホテルに入った。

一階右手のシーガーディアンの扉を押し、バーのなかに入った。この店は奥行きが深く、照明も適当に薄暗く、落ちついた地味な壁紙の空間に、しっかりした四角のテーブルと頑丈な木の椅子があった。静かな年輩の客、それも外国人が多く、日本人は一組しかいなかった。鬢《びん》に白いものが目立つ初老のバーテンダーがシェーカーを振っていた。

アメリカの女性たちはペパーミントやカンパリなど、リキュール系のカクテルが好きなようだった。

研一たち三人はコーク・ハイボールにした。

チーズとスモークサーモンを注文して落ちつくと、ジュリエット・グレコのシャンソンが静かに耳に入ってきた。「パリの空の下セーヌは流れる」「パダンパダン」などだ。

規子と峰子はこのホテルのバーは初めてだといっていたが、「大人の雰囲気ね」と嬉しそうにいろいろと研一に話しかけてきた。

ハイボールを一口含むと研一は、

「さあ、どんなことか話してごらん。僕も十時ごろまでには帰らなければならないんだよ。明日のことがあるからね」

「まだ七時前でしょ。三時間あれば十分よね。峰子」
と規子は呑気な調子で話しはじめた。

話は二つあって、一つは簡単なことだったが、もう一つの件はなかなか難しい話だった。彼女たち二人は、野毛のサクラ・ポートから山手のクリフ・サイドに移りたいという希望があって、研一が親しいクリフ・サイドのホールのフロア・マネージャーに移籍のことを頼んでもらえないかということだった。これには研一はすぐに同意できた。

二つは同じ横浜の街にあるダンスホールだが、アメリカ軍の接収を受けなかった野毛町一帯には日本人相手の店が多く、その分サクラ・ポートはクリフ・サイドなどよりも安価に遊べたのである。その結果として、高級な客はあまりいないようだった。

研一も知人に誘われて何度かサクラ・ポートに行ったことがあるのでそれはわかっていた。この話はそれほど厄介なことではなかった。規子も峰子もその当時のダンサーとしてはスタイルもよく、ダンスもかなりなものであった。そのうえ十人並みの容貌だった。もちろん身につけているものも化粧の仕方でもそれぞれ個性があって、なかなかチャーミングだった。

インテリ女性とまではいえなかったかもしれないが、話は面白く、判断力も悪くなかった。それになにより性格がよかった。

これは育ちが悪くないなと思っていたら、峰子は、実家が三渓園の近くにあり、父親は大手商事会社の役員を二年前までやっていたし、彼女も昨年まで専門学校に通っていたが、昭和二十六年ごろから急に生活が逼迫《ひっぱく》し働きに出たと、なにやら悲しげな様子で話しはじめた。

この時代、研一の周囲にはこうした戦争の犠牲者といえる女性は男性よりはるかに多く、相当なフェミニストと自認している研一にとってはなんともやりきれない心境だった。

どう考えても彼女たちを救済することなど到底できない相談だし、かといって適当な男性を紹介することも、研一にできるわけでもなかった。

規子は栃木の佐野市の出身だった。戦後英文タイプを勉強し、その関係で昼は横浜のP・Xにタイピストとして勤めていた。

規子の場合は特別なケースだったが、一般の女性たちは、働きたくても昭和二十六、七年ごろの横浜では水商売以外で自分一人の生活費を稼ぐことも難しかった。まして家族の分までとなるとまったく不可能だった。その結果として、心ならずもアメリカ兵を相手にするということもあったのである。しかもそれが彼女たちのプライドを傷つけることになる場合が多かった。

規子のように恵まれた場合でも、彼女が勤務していたP・Xに出入りしていたアリゾナ出身の兵隊に誘われてバーやキャバレーに出入りしていたが、朝鮮戦争で戦地に出向く前の晩、その軍曹《サージャント》とホテルで一夜を共にしたという。しかもそのサージャントはその後朝鮮半島の激戦地で戦死した。それもあったのだろう、しばらく後にはタイピストをやめることになる。規子には「運が悪かったね」という以外になんの慰めの言葉もない。

二人はオンリーではなかったが、それぞれの相手に誘われて月に一、二回ベッドを共にしていたようだ。

しかし考えてみると、結婚できるわけではないし、また求婚もされていないという。それでも相手にそれなりの愛情がもてるならそれはそれでよいが、そうでもないらしかった。そして自分たちの行為が金銭に絡んでいると思われることが、なお彼女たちを自己嫌悪に陥らせていたのだろう。

当時のダンスホールやキャバレー、クラブなどに出ていた女性たちには、外国人、日本人を問わず、毎夜のように違った男性からの誘いがあったことは想像にかたくない。

この当時の横浜には、真金町、黄金町などの中区の場末から南区にかけての仕舞屋《しもたや》を改造し、ベッドを一つ置いただけの殺風景な四畳半くらいの部屋を十室くらい持っていて、兵隊相手の女性を五、六人抱えている売春宿の経営者がかなりたくさんいた。

朝鮮戦争の始まるころから駐留軍兵士の数は増え、数万以上いたのであるから、その相手をする女性が数千人いても不思議ではなかった。

　いろいろな関係で、研一はこうした女性たちから時に相談をもちかけられることがあった。なかには結婚してアメリカ本土に渡った女性も何人かあったが、かなりの数の女性は心身を荒らしてボロボロになり、横浜をはじめ東京その他の都市や地方のなかに埋没していった。

　空襲で家や商売はもちろんのこと、家族全員を失って一人だけになってしまった女の子になにができたであろうか。

　昭和二十五、六年ごろには警察による狩り込みがあったが、野毛通りの狩り込みでは百数十名が検挙された。しかも常習者はこの網にかからず、八割くらいは素人かごく最近この世界に入ってきた者ばかりだった。

　検挙された女性は性病予防法という名目で検査を受け、罹病者は屛風ヶ浦病院その他に強制収容され、治療を受けなければならなかった。

　院長に頼まれて、一日で二百人くらいの患者から採取した検査物を簡単にグラム染色した。罹患している場合、グラム陰性菌としてもっとも一般的な淋病などは容易に顕微鏡下で判明した。こうなると強制入院させ、消失するまで何日間か治療するが、これは本人のためであり、同時にアメリカ兵のためでもあった。

　時に梅毒のスピロヘータを発見した時には、看護婦たちがかなり神経質に各種の器具の消毒をし、また自分たちの身の回りにも注意をはらっていた。これは病原菌による二次感染の危険もまれではなかったからである。

規子と峰子のもう一つの相談は、男女の愛情についての本質に触れる内容で、研一にも確信をもってアドバイスできるほど簡単なものではなかった。しかし二人にとっては、これからの人生をどう生きていったらよいのかという問題にもつながっているので、真剣勝負を挑まれたような気持ちで受け止めていた。

彼女たちはそれぞれの相手を愛しているとは思われないという。それでは今の生活はどう説明するんだと研一にいわれて、

「どうしてなのかしら」

「二人とも肉体的にひかれているんじゃあないか」

「先生、それはないわよ。それじゃあ二人とも本能の命ずるままということと同じことになるじゃあないの」

「そうじゃあないよ。健康な二十二、三歳の男女にとって、愛情と性欲とは必ずしも連動しないってことをいいたいんだよ」

「そういわれると、ねえ、どうなんだろう。峰子」

「やだ。そんな難しいことといわれても、私、困る。藤井先生は突然変なことといいだして……そうじゃあないよね、規子」

これを聞くと研一は、改めて男女の性の発現について考えなければならないと思った。医学部在学中に勉強していたフロイトへの理解が浅かったかなとちょっと憂鬱になった。

研一自身のことを考えてみると、二十二、三歳のころは性への潔癖な思いと、抑えがたい欲望との絶えざる葛藤の連続であったことに思い至った。

それが特定な相手が決まると同時にその相克が見事に消えていた。愛情の問題と性の問題は分離していないのではないかと考えたくなる瞬間もあった。


峰子は性格的におとなしいのだろう。調子のよい客からの誘いで食事に行ったりしているが、いろいろいわれるとどうしてよいか困るようで、夜もよく寝られない時があるといっていた。

顔の輪郭はちょっと大きいが、よく張った黒目がちの瞳とやや肉厚な唇は決して品の悪い容貌ではない。しかもなんといっても二十二、三歳の女性のしみ一つない淡紅色の皮膚は美しく、女性として肉体的にいちばん光輝いている時なのだろう。

研一は心ひそかに「その美しさを浪費しないように」と思いながら峰子と向き合っている

と、彼女は兄に対してもつような親しげな表情を見せる。研一はものわかりのよい顔つきで雑談を楽しんでいると思わせているが、その裏で微苦笑している自分に気がついている。

男女の関係は不思議なものだ。性とは関係のない交流の形はどのくらいあるかわからない。それが人間関係の面白いところなのだろう。

六月中旬、峰子の部屋に招待された。研一は峰子と規子に呼ばれたと思っていたが、そうではなかった。規子は郷里の佐野に帰っているという。

前里町の峰子の部屋は、八畳の部屋と玄関を入った右側にトイレ、左側にガス台一つ置いた簡単なキッチンがある。風呂場は見当たらなかった。それでも二十三歳の女の子が一人で暮らしていくのには十分な広さだと思われた。

キッチンの周囲には野菜や肉と缶詰、調味料などが雑然と置いてあった。八畳の和室にはセミダブルのベッドがあり、きちんとベッドメイクしてあった。小さな整理ダンスと一間幅くらいの布でおおわれた洋服ダンスと思われる入れ物があって、ほかには幅二尺五寸くらい、高さ三尺くらいの本立てがあった。

驚いたことに島崎藤村の詩集や小説、太宰治の小説、戦後に出た日本文学全集の何冊か、それに和英、英和の辞書などが目に入った。整理ダンスの上には小さなレコード・プレイヤーと二、三十枚のレコードが置いてあった。

研一は子どものころから終戦まで十年以上ピアノを習っていた。そのうち四、五年は専門家についた。それで部屋に入って一息ついたあと、

「峰ちゃん、レコード見せてね」

「あら、先生はレコードなんかに興味があるの。どうぞご覧になって」

研一が四、五枚、平にしてラベルを見ると、そのなかにショパンの幻想曲があった。

研一は昭和十九年の秋、女子大のチャペルでピアノを弾いたことがあったが、その時はベートーヴェンのソナタ悲愴を弾いた。その後、終戦直前、ショパンの曲を二、三頁弾きはじめたところで終戦になり、それ以後は医学の勉強が忙しく中断したままになっていたが、その曲がこの幻想曲だった。この時聴いたレコードは、たしかコルトーの弾いたものだった。

研一がこのレコードをプレイヤーに置いてスイッチを入れると、峰子はすぐそばに来て、

「先生、こんなショパンの名曲知っているの」

「うん、終戦前にちょっと関心があったからね」

「うわあ、驚いた。どうしてなのよ」

「どうということもないよ。七、八歳のころから終戦まで断続的にピアノを習っていたからだよ」

「あら、何度も先生の席についていろいろ話もしたのに、全然知らなかった。藤井先生ってわからない先生ね」

「なにがわからないんだ。どうということはないよ」

「先生は私のことはかなり知っているでしょ、いろいろ話したから。それなのに、私は先生のそんなことも知らないんだから」

これを聞くと研一は「そうか、無理もないな」と思った。峰子くらいの年の女性には人間の多様性について、それほど豊富な知識はないのがあたり前なのだろう。まだ世間知らずといえるのかもしれない。

彼女はその日、研一にご馳走するつもりでいろいろ用意していた。当時研一はビールやワインよりもコニャックが好きだったので、一本持参してきていた。

肉料理はどうかといわれたので、そろそろ暑くなってきたころだったがスキヤキにしてもらった。峰子は手際よく、いろいろな材料を大きな皿二つに盛りつけ、室内用のガスコンロにスキヤキ鍋をのせ、葱、玉葱、椎茸、白滝、焼き豆腐、茹でうどん、小松菜などを大きな卵四、五個と一緒に食卓の上に並べた。

五時前なのでそれほど空腹ではなかったが、うまそうな匂いに誘われて箸を鍋に運ぶ速度が速くなった。研一は二十六歳になっていたが、大変な食欲でおそらく肉も二百五十グラムたいらげただろう。

コニャックは峰子のほうが強かった。研一はオン・ザ・ロックで飲んだが、峰子はお湯割りにしてスイスイと口に入れていて、見ているといかにも気持ちよさそうである。飲みっぷりがよい女性だなと感心した。

スキヤキには日本酒がかなりたくさん入っているので砂糖の甘さは気にならなかった。この味つけは横浜の有名なスキヤキ屋「竹うち」の料理人から教えてもらったといっていた。フランス料理も習っているようで、そのうちにご馳走すると約束してくれた。

峰子と研一でコニャック一本空けた時、気がついたら七時を過ぎていた。短時間で多量のアルコールが入ったからだろう。研一も峰子も食卓をそのままにして横になると、そのまま二、三時間熟睡したようだった。喉の渇きに研一は目覚めて峰子を起こした。十時近くになっていただろう。ご馳走のお礼もそこそこに、前里町の峰子のアパートから自宅に向かった。表に出るとまだタクシーが走っていた。研一の家は山手の地蔵坂沿いの高台にあったので、峰子のアパートからは車で十三、四分で着いた。

峰子とは、彼女の新しい恋人についていろいろ話があったので、今回研一が訪ねたことは規子には伏せておくことに黙契ができていた。あれだけ親しい規子に対しても新しい相手のことは相談しにくかったのであろう。若い女心の微妙な翳《かげ》りが感じられた。

その週の土曜日、研一は峰子を連れて本町の中国人がやっている洋服店に行き、先日のお礼ということでチャイナ・ドレスを新調して進呈した。帰りにはジャーマン・ベーカリーのおいしいケーキをみやげにもらった。

峰子の新しい相手は、研一も知っているクラブの若いバーテンでたしか二十三、四歳くらいだった。

峰子の話によると、三、四カ月前から時々サクラ・ポートがはねたあと、そのクラブへ客を連れていっていた。たまたまそのクラブでサクラ・ポートでの峰子の客と鉢合わせしてなにかもめたことがあり、若いバーテンが敢然と峰子と客の間に入って話をつけてくれた。それ以来なにかと峰子に好意を見せてくれたという。

純な峰子には、若いバーテンの心遣いが嬉しかったのだろう。おまけに彼の住んでいるところが黄金町の近くだったので、そのクラブのラストまで店にいて、一緒に帰ることが一再ならずあったようだ。

研一はこの若いバーテンには、一、二度そのクラブへ友人と行った時会っている。背はそれほど高くないが、きびきびした動きでシェーカーを振っていた。連れの女性にカクテルの味を聞いてみると、彼の作るドライ・マティーニはなかなかなもので、おそらくアメリカのクラブで修業したのではないかといっていた。十代のころはバンドボーイをそのクラブでやっていて、その時先輩のバーテンに初歩の手ほどきを受けたということであった。研一たちにも愛想がよく、むだな口はきかず、好青年に思われた。

峰子のところでのスキヤキパーティーから十日くらいあとで、クリフ・サイドのフロア・マネージャーに規子と峰子を引き合わせ、採用は即決した。ただ、クリフ・サイドには相当うるさい客が多いので、映画、音楽、演劇の話はもとより、二、三種類の月刊誌に目を通してほしいし、いうまでもないが身持ちの固さを守ってほしいという要望があった。

研一はずいぶん堅苦しいことをいうなと思ったが、この時代、ホールの名声を落とさないためにはこの程度の締めつけがダンサーの女性たちには必要だったのかもしれない。

この当時市内には体格のよいアメリカ兵が溢れ、その腕にすがって得意気に闊歩している売春婦（いわゆるパンパン・ガール）が大勢おり、日本人の性に対する倫理観が穢されていると憤慨している中年以上の識者は多かった。しかし、そうした女性やアメリカ兵がいなければ水商売は成り立ちにくくなっていた。

研一たち三十前の青年たちは、この意見に必ずしも同調していたわけではなかったが、それでも男女の性への純粋性を大事に考える青年もいたのである。

研一自身はこの時代、この問題について模索していた。学生時代には和辻哲郎の『倫理学』を読んだり、出隆の『哲学以前』や西田幾多郎の『善の研究』などを文芸作品を読む間に繙《ひもと》くこともあった。これらは戦前からの名著の数々であった。

これらの本を十九歳、二十歳ごろに読むことで、著者の主張がわかってもわからなくても、人間としての純粋性が高められると、誰にいわれたわけでもなくそう思いこんでいた。人生にとって不思議な時代であり、同時に人間に生まれた意味を考えさせられる著書だった。

一方、規子とは、間もなく二人だけで会う機会があった。峰子から研一に会ったという話を聞くと、それから四、五日後に連絡がきた。

どこで会おうかということになり、元町の喜久屋で待ち合わせ中華街に行くことにした。研一の住んでいるところから元町商店街までは徒歩で十分くらいなので、ワイシャツ姿で出向いた。元町の通りから、運河の橋を渡って少し歩くともう中華街になる。今日の店は華正楼にした。

中華料理店としては一、二を争う高級店である。五、六人で入ればむだがない店だが、二人でコースは食べきれない。しかし規子は店の支配人をよく知っているらしく、持ち帰れるものは手をつけずにケースに入れてもらうように頼んでいた。研一は所帯持ちのよい女性だなと感心した。
七、八品は賞味できたが、四、五年前にくらべると日本人好みの味に変わってきたように思われた。しばらくぶりの老酒は料理によくマッチして美味しい。規子は峰子と同じように酒量は多く、かなりの量を飲んだ。また食欲も研一などよりあるようで、手をつけた料理はきれいに平らげていた。二時間ほどで腹いっぱいになり、少し歩こうということになった。
梅雨になる前でそれほど暑くないうえ、シルクセンターの前まで来ると潮風が心地よい。食事に専念していたのと老酒が入ったので、肝心な話をほとんどしていない。ぶらぶら歩きながら日本大通りを通り越し南仲通りに出た。ここからは研一が時々行っているクラブのナイト・アンド・デイは近い。このクラブは女性はいないがよいバンドが入っていて、シックな店だ。

扉を開けるとクロークがあり、荷物を預けてなかに入る。ベージュの厚いカーテンを開けると、ボーイが研一たち二人をテーブルに案内してくれた。椅子にかけると同時にボーイが注文を取りにきた。

規子は、

「先生はなにがよろしいの」

「うん、老酒が多かったから、ジンフィズにしよう」

「それでは、私はドライ・マティーニにするわ」

迷わずに規子はオーダーする。前からなかなかはっきりした女性だと思っていたが、今度にしてもそうだ。

華正楼ではさっさと自分で精算し、研一に二次会の場所はどこにするかと聞いてきた。

「どこがいいの」

「ダンスができる店がいいわね」

それでナイト・アンド・デイにしたのである。


彼女のお願いというのは、英文タイプと英会話ができるのでその方面で勤められるところがないか、ということであった。勤務場所は横浜でも東京でもよいという。規子には佐野市に母と妹がいる。父はすでになく、彼女は母と妹の生活費の一部を負担していた。

研一はこの件は、戦中実践女子専門学校を出、戦後早稲田大学の英文学科を卒業してロンドン・タイムス支局長のセクレタリーをしている悦ちゃんに聞いてみようと思った。支局長のセクレタリーをしているくらいだから会話はもちろんのこと、文章を書いても立派な英文で慣用句もよく知っていた。

悦ちゃんとは、昭和二十三年ごろアテネ・フランセで同級生だったことがあって、それ以後のつきあいだった。悦ちゃんのご主人は池田という人で、結婚してまだ二、三年しか経っていない。大変なインテリ女性で、研一より二、三歳年上だったが、いろいろ面倒見がよい女性なので彼女に頼むのがいちばんいいような気がしたのだ。

ナイト・アンド・デイでは小編成のバンドがジャズやポピュラー、ラテン・ナンバー、シャンソンなどを静かに演奏していた。六、七組の外国人同士、あるいは外国人と日本人のカップルがあまり広くもないフロアで踊っていた。

規子はマティーニのお代わりを頼むと、「先生、私たちも踊りましょう」という。

「ブルースでもやってくれるならいいね」

「先生はだめね。クリフでもサクラ・ポートでもずいぶん授業料を払っているのに、いっこうにダンスがうまくならないわね」

「そうかな。東京の金馬車ではよく踊ったんだが、入っているバンドがよかったのかもしれないいね」

「なんというバンドなの」

「東京キューバンボーイズといったかな。バンドマスターはみ、さ、ご、て、る、あ、き、といったんだったか」

「先生、それ、ルンバやボレロなどのラテン音楽が得意なバンドでしょう」

「ああ、そうかもしれない」

「金馬車とは、先生もたいしたものね。今度ルンバになったら踊りましょう」

その晩は、かなり激しいルンバやジルバを踊ったので疲れてしまった。アルコールが入りすぎていたのでよけい疲れたのだろう。十二時のラストまでつきあうことになって、最後はワルツで解放された。

この時間になるとタクシー以外に足はない。クラブの場所から前里町までどのくらいかかるかわからなかったので、適当にタクシー代を渡した。ナイト・アンド・デイは研一のなじみの店なので、現金を持ちあわせていない研一はつけにしてもらった。あとで精算すると結構な金額になっていた。アルコール類が高いのだろう。相手をするダンサーたちがいないのに相当なものである。当時の横浜ではもっともシックなクラブだった。それでバンドもかなり著名なものが二、三入っていたのだ。

この時代はアメリカ軍の軍人、それも将校ともなると研一たちが想像できないような高給取りだった。家を借りるのに月に四百ドル、五百ドルと払っていて、利口な日本の家主のなかには、建築費を三、四年で取りもどしたなどという話をする者もあった。

研一は昭和二十七年に山手に家を建てたが、土地に余裕があったので、大学の建築科を卒業して建築家になった中学の友人安藤の発案でローコストの家をもう一軒こしらえた。どこで聞いたのかヘルム・ブラザーズ・リミテッドという外国人専用の住宅紹介の不動産会社から酒井マネージャーが現れ、たちまち借り上げられた。

横浜はなんともいえない都会だった。かつては神戸とともに日本の二大港都であり、外国との貿易や文化交流の大きな拠点であったが、戦後マッカーサーが連合軍総司令官として横浜に乗りこんできてから、すっかり街の様相が変わってしまったと、戦前から横浜に住んでいる老人から聞かされたことがある。

規子と別れた研一は、酔ってふらふらしながら石川町の方に向かって歩き出した。途中、十二時を過ぎてもまだ灯のもれてくる夜の商売の店が目に入ってきた。焼鳥屋、そば屋、ラーメン屋、それらの間にはさまって、なにやらなまめかしい街灯やネオンが点滅している店、営業時間の制限がどうなっているのかわからなかったが、横浜がしだいに不夜城になっていく兆しが見えた。

元町の停留所まで出るのに二十分以上歩いただろう。そこから石川町に向かって五、六分歩いて左折し、地蔵坂を上る。この坂の中腹左側に崖土（Bluff）が見える。その階段を三十段ほど上ると自宅に着く。

４ＬＤＫの家だが、戦後の建物なので、畳の部屋は一つもなく、全室フローリング張りである。寝室は八畳の広さであるが、本箱、本立てを何本か置くと、あとはセミダブルのベッドが一つやっと収まるくらいであった。タンスや物入れは隣の六畳に入れた。リビングルームに置いたピアノは、元町の大塚ピアノに入れてもらったアップライトであるが、アクション、ハンマーはドイツ製の部品が使ってあり、艶のある音色で、名前はプリマントといった。研一にとっては忘れがたい名前である。

この家は、研一が知人の設計士と相談しながら作ったものであった。

家ができあがった年の暮れ、研一の父が早速訪ねてきて、次の俳句を贈ってくれた。

みちたりて港見下ろす師走かな
港の灯きらめく冬の丘の家

研一の部屋と道路をはさんで向かいの崖の上には、古い由緒ある連光寺の山門と伽藍が薄い霧のなかにしんとたたずんでいる。その上の土地には女子高の横浜共立学園があり、昼休みともなると若々しく元気な喚声が響いてくる。この学校の生徒たちとは登下校の折すれ違ったが、皆身ぎれいにしていて行儀がよいのに一驚した。

研一は出かける時には石の階段を二段ずつ飛びおりて、広い地蔵坂の坂道におり立った。元町の市電の停留所から桜木町に至る市内には、縦横に走る運河があり、きわめて印象的である。流れるともなくゆったりしている川には大小の船が何艘も係留されていた。昭和二十四年、二子玉川から中区の末吉町に移った時、この運河の多さには驚いた。「横浜は運河の街だな」と思ったほどである。

この運河の静かな美しさは、その後も研一の心のなかに深く刻みこまれた。後年、堀江美智代さんの運河風景の百号の大作を手に入れた。この絵を見ていると、当時の自分の心の軌跡があざやかに蘇ってくる。

研一にとっては、横浜の山手は阪東橋界隈、野毛町とともに第二の故郷になっている。

昭和二十四、五年ごろはメイン・ストリートはやや街としての体裁を整えはじめていたが、一歩裏通りに入ると戦争の傷跡は至るところに見られた。これを見ると、ああやはり日本は完全な敗北をこうむったなと思う。そう思いながら店舗や住宅を眺めて一時間近くも散歩することが日課になった。歩いてみると、以前住んでいた東京の杉並区や大田区の町並みにくらべてはるかに趣のあるエキゾチシズムを覚え、それが見知らぬ街に足を踏み入れたぞくぞくするような興奮になって、新しく生きる意欲をかきたててくれた。

獅子文六の『やっさもっさ』のなかには、戦後数年間の占領時代の横浜がよく写し出されている。またこのなかには、チャブ屋のフジホテルを取材したことがよく書かれている。市電に乗ると長者町、松影町《まつかげちょう》、寿町《ことぶきちょう》、扇町《おおぎまち》などの停留所の付近には小さな建物がぎっしり立ち並んでいる。横浜の下町は人の巣のようなところだが、昭和二十年五月二十九日の空襲でひとなめにされたと記録に残っている。

峰子、規子はともにクリフ・サイドに勤めはじめた。

二人とも日常的には、横浜市内に張りめぐらされた市電を使い、買い物にもクリフへの出勤にもタクシーを使うことはなかった。アパートのある前里町から阪東橋に出、そこから尾上町には一直線ですむ。尾上町で乗り換え、間門《まかど》行きを拾えば元町は四つ目、麦田町は五つ目である。市電を使えばかなり範囲の広い横浜市のどこへでも自由に行け、大変便利だった。間門の終点にも何度か行ったが、本郷町、千代崎町と町並みを抜ける市電の窓から、いろいろな商店のたたずまいを眺めるのは楽しみの一つであった。戦後の混乱の時代であったが、運行の時間はよく守られていて驚いた。

研一は二人の新しいところへ週二回くらいの割合で顔を出すようになったが、もちろん二人のほかにすでに自分のテーブルに呼べるダンサーは四、五人を下らなかった。

これは経済的には相当な負担になった。父親や内縁の女性から放蕩と見られたのは当然なことであった。しかし日中はそれなりに働いていたのである。研一は自分のなかではそのくらいは稼いでいると思っていたのだが、あとで考えてみるとずいぶん勝手な話だった。自己中心の生活だったことはまぎれもない事実だ。

あれこれいっても基本的には女性に対する虚栄心なのだ。二十六、七歳の研一にとっては悲しい認識だった。研一のやっていることは一種の遊び人の行為といってよい内容だった。

規子との約束である悦ちゃんへの紹介は、それから間もなく新宿の京王プラザホテルで会う折にすることになった。規子は約束の場所に地味なスーツ姿で時間通り現れた。

悦ちゃんは落ちついた様子で現在までの規子の経歴と、研一との関係についていくつかの質問をし、内容をメモした。しかし、収入の点になると、どうも現在規子の得ているもの以上はなかなか難しいと話してくれた。

規子は母親とも相談していろいろ考えたいと返事をしていたが、研一は規子の学歴を考慮するとたしかにそうだろうと思うし、現在のように昼は勤め、夜はホールに出るということになれば、東京と横浜の往復もネックになると思った。

その後間もなく、悦ちゃんから研一宛に連絡がきた。今考えられるのは悦ちゃんのアシスタントとしてロンドン・タイムスに勤めることだが、勤務の時間が不規則なことと、収入の少ないことからこの話は沙汰止みになった。

一方、クリフ・サイドで規子は売れっ子になっていった。英会話のうまさもあったのだろう。ダンサー稼業に打ちこむと同時に、昼からなじみ客とデートをし、簡単な夕食後ホールに出ていくような生活になると、P・Xの勤務も負担になり、二カ月くらいあとに退職し、ダンサーだけの生活になった。佐野の母親と妹の生活費は出せるようになった。

このことで規子はあとあとまで研一に感謝していた。彼女は男に頼らず自分の人生を切り開いていこうと思っていたのだろう。いつだったか、何年か後には小さなクラブかスナックを開きたいと話していた。しっかりした目標をもち努力する子だから数年後には実現することだろう。規子の話を聞いていて、研一はなぜか胸が熱くなるのを覚えた。

規子と峰子が研一の意見を真摯に受け止めて今後の自分たちの生活の方向を決めていることを嬉しく思った。しかし彼女たちはまだ若干二二、三歳である。

この時代は一年でも激しく変化していた時代である。

横浜でのアメリカ軍による接収地は住宅地にかぎっても全国の六一・二五パーセントになっていて、これは東京の一九・四二、大阪の八・五パーセントとくらべても圧倒的に多かった。

黒沢明監督の映画「天国と地獄」は戦後の横浜が舞台になっているが、天国は丘の上にある駐留軍の家に象徴されている。広々とした芝生、ゆったりした住宅地はそれまでの日本人には考えられないものであった。丘の下には麻薬、売春、闇屋、それと関内から長者町を抜け阪東橋のあたりまで群れていたアメリカ軍の兵士と日本女性……。

天国と地獄は離れたところにあるのではなく、地獄から天国は近くに見えていたのである。

こうした刺激の多い港町にいて、あの若さで自分を見失うことはないのだろうか。研一は自分に置き換えてみるとその自信はないなと思った。

こんなことを考えていたある日、伊勢佐木署から電話を受け、研一の名刺を持った男を保護しているから至急出頭してほしいということだった。署員の口ぶりでは、行きだおれとして保護したものらしく、姓名も不明ということで、思い当たる人物もないままとにかく出かけていくより手はなかった。

伊勢佐木署へたどりついて、受付係にその旨を伝えると、警官が出てきて壁際のベンチを指さした。小柄な男がその上に寝ていた。服装など問題ではない時代だったが、それにしてもひどい汚れようで、靴も片方しか履いていなかった。

昨夜市内で倒れているのを某病院へ収容した。頭部その他に傷を受けているが、夜半そこから抜け出して道端に寝ているところを今朝再び署へ連行したという話であった。寝顔を見て私はすぐ思い出した。

野毛に店を出していた夜店のそば屋の主人で、規子と峰子を連れて何度か行ったことがあった。面倒見のよい店主で、二人もなにかあるといろいろ知恵を借りたことがあるようだった。なんでも東京で戦災を受け、奥さん、娘さんともにその時失い、その後ホームレス同様の生活をしながら横浜に流れてきたということであった。

戦前戦中は、軍需工場で経理の仕事をしていたようで、私立大学を出ていた。何度か会っているうちに、なにかのことでたしかに名刺を渡したことがあった。

「富田さん」と、研一は二、三度名を呼んだ。肩をつかんでゆするとようやくその人物は起き上がり、こちらの顔をぼんやり見上げたが、そのうちまたベンチに横になってしまった。顔にも頭にも赤チンが目立ち、体を支える気力もないようだった。

彼の様子を見ていて、やはり戦争の犠牲者だなと思った。

研一よりも規子や峰子のほうが彼の背景を知っているのではと思い連絡すると、二人は飛んできてくれたが、ともに現住所は知らず、まして家族のことも知らないということで、警察では行きだおれの扱いで救急病院に搬送することになった。

その後、二人はその病院に一、二度見舞いに行ったそうであるが、硬膜下出血ということでかなり長い期間入院したということを後に聞いた。再び商売を始めたかどうかは聞きもらした。

規子と峰子のほかに、この時代もう一人の夜の蝶との出会いがあった。

美奈

市電を薩摩町でおり、山下町を通り抜け、前田橋のところから汐汲坂《しおくみざか》を上り「Bluff《ブラフ》」と外国人がいっている遊歩道を抜け、フェリス女学院の前に出た。研一はクリフ・サイドのナンバー2の美奈と四時に会う約束をしていたので、急いで校門のところへ行った。

五月半ばの輝くような陽光のなかを歩くと、薫風がほてった頬に心地よい。

身長一六〇センチを超すと思われるすらりとした彼女は、ローヒールに趣味のよいスーツを纏い、研一を待っていてくれた。

ホールにいる時の華やかなドレスとは一味違って地味なもので、T・P・Oを心得ている彼女の行き届いた心遣いに改めて感心した。「待たせたかな」という研一の問いに、「いいえ、まだ約束の時間までには二分ありますわ。先生は時間に正確ね」という。

目鼻立ちの整った容貌には、そこはかとなく知性を感じさせるものがあった。

美奈は福島の出身で、戦争末期、県立の女子医学専門学校に入って女医を目指していた。しかし戦争は彼女のような女性にまで残酷な傷跡を残していた。

美奈は昭和二十三年、医専の三年生の時に学校を退学せざるを得なくなり、そのうえ、親のすすめる相手と結婚することになった。戦地からもどってきた夫の実家はかなり大きな農家だと聞いたが、戦後の農地解放の波をかぶって地主然とした生活は難しく、肉体労働にしか価値を認めない夫との生活の破局は目に見えていた。

彼女は結婚半年後には婚家先から家出同然の状態で飛び出してきた。スタイルは申し分なく、運動神経もよい彼女はダンスを習っても短時日でうまくなった。ワルツ、タンゴ、ルンバなど実に軽く、あまり肉体の存在を感じさせないような踊り方で、その意味ではちょっともの足りないように思ったこともあった。しかしその清楚な雰囲気は、六、七十人のダンサーがいるクリフ・サイドのなかでもきわだっていて、外国人、日本人を問わず彼女のファンは多かった。


この日彼女に会う目的は、研一の若い友人の敬二から、クラブの運営をまかせられるママを研一に選んでほしいという依頼があり、その人選を美奈に相談したかったのである。

美奈は規子や峰子と同じ職場であり、研一の紹介で仲も良かったが、二人とも美奈にくらべるとやや若く、先輩として美奈には一目置いていた。

美奈は研一より二歳くらい若かったが、クラシック音楽にも興味があり、研一と二人の時には研一も知っている指揮者やピアニストの話も出て、楽しい会話ができる相手だった。少女時代にはピアノを習っていたのかもしれない。

美奈は研一の話す内容に静かに耳を傾けていたが、十分ほどたった時に、フェリス女学院の瀟洒な建物から離れて外人墓地に向かった。この墓地は港と町を見下ろす高台にあり、日本に来て亡くなった人びとにとっては心休まる永遠の場所だろうなと思われる。

元町の商店街まで歩き、喜久屋で一休みすることにした。おいしいケーキとブラック・コーヒーを頼んだ。美奈はアルコールはそう強くなく、その分コーヒーはなかなかやかましく、モカ、キリマンジャロ、ジャワなどいろいろな銘柄を教えてくれた。

研一から敬二とクラブ・カリオカの名前を聞いていた美奈は、研一の知らない事実を話しはじめた。

「先生は敬二さんのお相手が誰かご存知かしら」

「いいや知らないよ。誰なの」

「エリザベスさんよ」

「え、彼女はクリフのダンサーじゃあないの。僕とも面識があるよ。自分のテーブルに呼んだことはないが。彼女は僕より年上だよ」

「そうよ。たしか二十九のはずよ。敬二さんより六、七歳お姉さんね」

「それは驚いた。どうりで敬二君は水商売の裏をよく知っているなと思っていた」

「そうでしょう。私はクリフの友だちから、敬二さんが先生から資金を出してもらってクラブを経営するつもりということを聞いたわ」

「へえ、もうそんな話になっているの」

「それにエリザベスさんは、なんでも桜木町の駅前にできたゴールデンビルの六階に、かなり大きなクラブを作る予定で準備していて、クリフでもほかのホールでも何人かの女の子に口をかけているそうよ」

「それは驚いた。敬二君はエリザベスに対抗するつもりでクラブをやりたいのかな。そういえばいつか彼女との夜の生活を聞いたことがあったな。そんなことは聞き流していたが……そういうこともあったのか」

「先生、敬二さんには気をつけて」

「うん、ありがとう。そうとわかれば資金を出してママくらいは決めても、あまり口を出さないようにしよう」

「そうよ、経営のことを考え出すと、先生の仕事の時間がなくなって大変なことになるわ」

「初めから資金を投げるというのもどうかと思うが、彼の年齢では尾上町のビルは借りられないだろう。やはり僕が家主の田中さんと交渉しよう」

美奈と別れ、暑い日盛りを歩いていると、どの店のスピーカーからだろうか、ひばりの歌声が流れてきた。研一には、年齢不詳なその張りのある響きは驚きだった。


クラブ・カリオカは尾上町の角にある大和銀行の横浜支店から一筋内側に入った小さな四階建てのビルの二、三階の二フロアを占めていた。

このビルは磯子に自宅のある田中金庫店の当主の建てたものであった。もちろん戦後建てたもので、当時の横浜ではもっとも地価の高い場所であった。エレベーターはなかったが三階までだったのでそれほど不便でもなかった。

四人がけのボックスが六つと、入口の一隅に七、八人座れるカウンターがあり、そのなかには中年のバーテンダーがシェーカーを振りながら、薄緑や桃色のカクテルを客に出していた。

ホステスは八、九名いたが、このなかには美奈をはじめ規子も峰子もいた。ほとんどは研一と個人的な交際のある女性たちで、彼女たち三人のほかにも和子、純子、千恵、それと姓で呼んでいた川上さん、山本さん、福島さんなど、それぞれ大勢のなじみ客をもっている女性たちだった。おかげで開店の七時ごろからラストの十二時まで、客のとぎれることがなく、クラブの開業に必要だった三百万円のほかに運転資金は百万円くらいで足りた。この当時の四百万円という金は、かなり立派な家と土地を買い取ることができるほどのものであった。

クラブのシステムは、一定の生活保証金を給料として一律平等に分配し、あとは家賃、電気、ガス、水道、電話、それと肝心のアルコール類、食料品、ほかの消耗品の補充などの諸経費を差し引いた残りを各人の売り上げ単価にスライドさせて計算した。公平を期するため計理士に一任した。必要だった資金の償却はまったく考えなかったので、美奈や規子から、非常に働きやすいという話を聞かされた。

ママは置かず、敬二をマネージャーとして運営をまかせた。開店後八カ月くらいまでは順調に推移した。

研一はある女医と中区末吉町にクリニックを開設していた。彼女はいわゆる内縁の妻であった。二人で力を合わせることにより、地域の住民からしだいに頼りにされるようになっていた。

研一は、クラブの仕事上のことについては誰も末吉町のクリニックには出入りさせず、山手町にあった自宅で処理した。このため、午後二時ごろになると末吉町のクリニックから市電を乗りつぎ、山手の自宅に向かい、五時ごろまでにまたクリニックにもどった。当時クリニックには、夜の八時ごろまで外来患者がいたのである。


開店して十カ月くらいたったある日、山手の家にホステスの川上さんが研一を訪ねてきた。

「大変お世話になりましたが、ちょっと事情があって店をやめたいのです。でも、オーナーのご意見をうかがってからと思っていますのよ」

「なにか不都合なことがあったの」

「いえ、そんなことはないんですよ」

「それでは収入の点で問題があるんだろうか」

「いいえ、それはまったくありません」

「差し支えなければやめる理由を話してもらえないだろうか。今後の参考になることがあるんじゃあないかと思うから」

川上さんは口ごもっていたが、研一の再度の問いかけに、これは誰にもいわないでほしいと前置きして話してくれた。それは当初から研一が危惧していた内容であったが、簡単にいえば敬二の依怙贔屓《えこひいき》がその原因であった。

川上さんは皆のなかでは最年長で、おそらく三十歳近かったと思う。落ちついて客あしらいの上手なホステスであった。年長者ということでどのホステスからも頼りにされていた。

そのころ敬二は、どうやらエリザベスから峰子に関心を移したようだった。川上さんは、なにか将来よくないことが起こると感じ、敬二にそれとなく注意したようだ。敬二は驚いて、それ以後川上さんにつらく当たるようになった。敬二には、川上さんの年下の男に対する思いやりを感ずる謙虚さがなく、また店のホステスに手を出すことの怖さを知らなかったのだろう。川上さんにとっては、職場でマネージャーから疎外された扱いを受けるのは、ばかばかしくて耐えられなかったのだろう。

研一は、これではクラブ・カリオカもそう長くないなと、その時直感した。やはり敬二では若すぎて無理だったのだ。かといって今からママを決めてももう遅いと感じていた。

美奈と規子に聞いてみると、二人ともすでにかなり前からわかっていたようで、いつ研一に話そうかと思っていたという。

研一は、峰子をよいホステスだと思っていたので、こんなことで敬二からスポイルされたくないし、スタート時のこの世界でなんとかしたいという健気な初志が貫けないのではないかと思い、どうしたものかと二人に相談した。二人は研一も交えて四人で一晩ゆっくり話しあったらという。

それには日曜の午後か夜の時間しかない。場所は末吉町のクリニックで日曜の午後ということにした。二人はそれぞれなにか作って持参するからメイドさんには厄介をかけないという。「お茶とコーヒー、果物くらいでいいかな」というと、「それで十分よ」という。二人は峰子がいろいろな料理ができることも知っていた。

当日は四時過ぎ、美奈、規子、峰子の三人がやってきた。峰子は研一からの質問を想定していたようで、クラブの客の誰彼の噂話が一段落すると、

「先生、マネージャーと私のことは心配しないでちょうだい。マネージャーは皆にわかるようにいろいろいっているけれど、彼がいうようなことはなにもないの。私もごたごたするのは嫌なので適当に相槌を打っているけれど、実際にはなにもないの。初子さんがよく知っているわ。初子さんは先生に、病気のことやオハイオ出身のアメリカ兵とのこと、相談しているでしょ」

「うん、初子はコーデルが近く除隊になったら結婚してアメリカに行くつもりだといっていたが……」

「いつごろ除隊になるのかしら」と美奈はいう。

「もう三、四カ月くらいじゃないかな」

峯子は、「初子さんがいなくなるとさびしくなるわね。彼女はほんとうに気持ちの優しい人だし、気前もいいのよ」

「そうだね。クリニックにもよく顔を出すけれど、いつも控えめにしているよ」

美奈は、「本国に帰ったら彼は農業をやるとか……初子さんも『私はお百姓になるわ』といっていましたよ」

「そうだね。田畑をやったことがない初子のそこに私は感心しているので、応援しようと思っているんだ」

それを聞くと、規子は「ほんとうにそうよね。初子さんはコーデルをほんとうに愛していると思うわ。早く子どもがほしいんですって」

「帰る時の軍用船はノース・ピアーから出るから皆で送ってやろうよ。ハワイやカリフォルニアなら会う機会があるかもしれないが、オハイオ州のデイトン・ストリートなんて行くチャンスはないからね」

三人は研一の言葉に、「一期一会」ということは知らないまでも、親しくした友人と二度とこの世で会うことがないかもしれないということを、自分の気持ちのなかに静かに沈潜させているように見えた。

その日の主題だった川上さんのことは、彼女がホステス生活から足を洗うつもりのようだということを研一は告げられた。そうであれば引き止めることはかえって悪いのかもしれないと思った。

それと敬二は、どうやらエリザベスのやるクラブのマネージャーになるようで、すでに何人かのホステスも確保していたようだった。これは研一には渡りに船で、彼の退職が決まれば、峰子の件も自然解消になるし、心配が一つ消えると考えた。

初子が渡米する日、研一と三人の仲間はノース・ピアーに出かけていった。お腹が目立ってきた初子は全身で嬉しさを見せていた。初子の見送り人はわれわれ四人だけで、親や姉妹、兄弟は見られなかった。たしか郷里には家族がいたはずである。

その健気な様子に目頭がふと熱くなった。仲間の三人に見られたくなかったので、タラップを上りかけた初子にいろいろな色のテープを四つ渡した。コーデルは研一の手をきつく握って、

「グッバイ、ドクター。ドンウォーリー、アバウトハツコ、アンドサンキュウベリイマッチ」

アメリカ訛りの強い英語をあとにしてタラップを上っていった。

初秋の柔らかい日差しを受け、コーデルの茶髪が輝いていた。彼の階級はたしか軍曹だったと覚えている。

日本では初子が相当稼いでいたので、かなりな生活を維持できたのであるが、本国に帰って農業をやり、ほんとうに暮らしていけるのであろうか。また一時期にしても彼の家族たちと同居できるのであろうか。

これらの研一の危惧に対して、三人の友だちは「コーデルの人間性は信頼できるし、初子さんは気持ちの優しい人だから、きっと彼の家族にも受け入れられるわ」とあまり心配していないようだった。

初子は明るい表情のまま、四本のテープをいつまでも手にしてわれわれに手を振っていた。ノース・ピアーから山下町までもどった四人は、誰からということもなく最近できた縄のれんをくぐり一休みすることにした。飲み物はビールがよいというので、全員ビールにした。料理は東北の郷土料理だった。このころ市内のあちこちに郷土の酒を出したり、それにあわせていろいろな郷土料理を出す店が増えた。

三人の女性たちはこんな仕事にも興味を示し、給仕の女の子や店の経営者になにかと尋ねていた。彼女たちはなかなか意欲的だった。研一はその気持ちの強さに感心していた。自分のなかでは先ほど見送った初子のことが頭から離れなかった。

一年後、オハイオ州デイトン・ストリートに住んでいる初子から、生まれた子どもと一緒に写っている写真と手紙が研一のところへ送られてきた。表書きの住所の英語の文字がうまくなっていた。おそらく英会話も上達しただろうと想像できた。

初子のここ一年足らずの間の変化は恐ろしいほどだ。これが若さの象徴だと思った。と同時に研一のもつ感傷など吹き飛ばされてしまった。

美奈、規子、峰子たちの将来を心配することもないのだろうと思った。彼女らは自分たちの考えている通りたくましく生きていくだろうと思った。

飲みながら、ママかママ代理を置かないと店の統制がとれなくて困るという話になった。

研一がママは美奈、サブのママは規子と思って話すと、異口同音にいちばん客をもっている千恵さんがよいという。

千恵は神戸から東京に行き、その後横浜に流れてきたダンサーで、母が中国人のはずだった。めっぽうアルコールに強く、コイントローやジョニーウォーカーの黒を一晩で空にしていたので、店での売り上げはほかのホステスとは比較にならぬほど上がっていた。ただ年齢は二十四歳くらいで、八、九人のホステスの面倒は見られないと思った。

しかし、アメリカ人にはあまり人気はなかったが、日本人の客には人気があったのでママにし、サブは美奈になってもらうことにした。そして美奈には研一の秘書役として時々クリニックに顔を出してもらうことにした。これで研一は毎日の営業に気を使わずにすむことになった。

研一は四百万円ほどの資金を提供して、何人かの女性の職場を確保できればなどと殊勝なことを考えていたが、現実を見せられると、その考えはとんだ茶番だった。彼女らの一人だけにでも、この時代にほんとうの意味で生き甲斐をもたせることなど不可能に近いことだった。

もっともこんなこともしばらく時が過ぎてからわかったことであるが……その当時は大真面目で考えていたのである。同棲していた女性にはさぞ滑稽だったろう。彼女には、研一が正義感半分、若い女性への興味半分で、相当な資金を浪費しているとしか映らなかったであろう。この時期研一はある中規模の証券会社の営業部員のすすめもあって、相当な資金を株券の購入に投入していた。幸い何度かの売買でかなりの利益が出て、横浜の山手に自分の住まいのほかに一、二軒の家を買い入れることができた。

そうして手にした資金をクラブ・カリオカの船出に使ったのであるが、このスペキュレーション（賭け）は、その後スターリンの死亡による暴落に遭い、それを契機に株式への関心は急速に冷えていった。

この年の暮れ、研一のところへ服部マコという女性が新目さんの紹介状を持って訪ねてきた。注射とアルコール綿を譲ってほしいという。

「なにに使うんだ。素人が注射器に触れると危ないよ」

「大丈夫なの。友だちに看護婦さんがいるから、その人に静注してもらうから心配ないの」

「おい、おい、物騒なことをいわないでほしいね。なんの注射をするんだ」

「この薬よ」

「これはネオ・アゴチンじゃあないか。どこで手に入れたんだ。これは覚醒剤で危険だよ」

「麻薬とは違うからそんなに怖くないの」

研一はマコと話しているうちに、ほんとうにこの薬が街で手に入るのかと驚いた。

彼女たちはそのほか睡眠剤なども簡単に取得できたようだ。なんで覚醒剤など使うのかと思ったが、多分初めは面白半分に使っていて、そのうち覚醒剤に対する依存ができたのだろうと思った。

マコはオンリーだが、彼の不在の時には契約している娼家に出向き、時間で客をとっていた。これでは夜中の二時、三時ごろまで起きていなければならない。そうしたところからつい覚醒剤に手を出したのであろう。マコが研一のところへ来たのはこの時が初めてであったが、その後何度くらい来たか。

来るときはいつも、キャメルやラッキー・ストライクを一カートン、びっくりするくらい大きな牛肉やいわし《サーディン》の缶詰を何個かとコーラ二ダース、カリフォルニアオレンジを箱いっぱい持って、必ず大型のプリムスやリンカーンでクリニックに乗りつける。近所の住人たちはマコの容貌、スタイルや服装から二世と思っていたようだ。

運転していたのはアメリカ軍の将校で年齢は三十代だったろう。礼儀のよい軍人で、研一にもクリニックの職員たちにもていねいな言葉遣いで挨拶していた。マコはきれいな発音で正確な英語を話していたから、相当な教育を受けていたのだろう。

美奈とは一度クリニックで会い、紹介したが、マコたちが帰ったあと美奈は、

「あんな素敵な女性がどうしてオンリーになっているのかしら。わからないわ」

と、研一に疑問をぶつけてきた。

「美奈ちゃん、人にはそれぞれ他人にはいえないような事情があるんじゃあないかな。私の友人で美奈ちゃんを知っている人たちから、あんなによい女性が夜の蝶になってもったいな

いと何度かいわれたよ」

「冗談はよして。私はマコさんのように素晴らしい女ではありませんから」

「いや、そんなことはない。私も友人たちがいう通りだと思っているよ」

美奈はこの言葉を聞くと、恥ずかしそうに顔を伏せてなにもいわなくなった。

研一は、「しまった、余計なことを口にした」と思い話題を変えたが、その日は今までの軽口をいいあう雰囲気ではなくなって、なんとなくぎくしゃくしたまま美奈は帰っていった。

美奈は研一の「夜の蝶」という言葉に傷ついたに違いない。研一は自分の至らなさに情けなくなった。一人の女性としてあんなに認めていたのに、その真意が伝わらなかったことに気持ちが滅入ってしまった。言葉のもつ重大さがわからなかったといわれてもしかたなかった。やはり若さは未熟と背中合わせだ。

研一は美奈には男女の間に流れる好意以上の感情をもっていたが、恋心ともちょっと違ったのであった。そしてお互いの置かれている立場について、強い認識があったのでバランスがとれていた。それがたった一言で崩れてしまったなと悲しかった。

しかしそうはいっても、その後は特別な感情が両者から流れることはなかった。両方ともかろうじて踏みとどまったということだったと思う。

美奈は研一の内縁の妻とも実に自然に交流した。美奈の医学生としての三年の体験がその交際をスムーズにした理由だったのだろう。研一が昭和二十五年から在学していた文系の大学に行く日など、クリニックに来て半日くらい家事を手伝ったりしたことがあったらしい。内妻からは、美奈ちゃんはよい女性だし、研一のよい共同生活者になるのではないかなどと、皮肉でなく話が出ることがあって、そうした時には美奈はひどく恥ずかしがっていた。

研一にとっては悪い雰囲気ではなかった。しかしなんと身勝手な心理状況だったか……。この後クラブ・カリオカの経営が続いていた間、美奈は変わらぬ誠実さで研一を支えてくれた。ただ時々現れる服部マコとは、なぜかあまり親しくならなかったようだ。

研一は知らなかったが、マコは研一のことについてことあるごとにほめたり、またプレゼントの品物を来訪する時にはいつもごっそり持ちこんでくれた。

研一は手伝いの女の子や看護婦たちから何度もお礼をいわれたが、マコというとその印象が強く残っている。その後どうしたか知らないが、ほぼ二年近くクリニックに出入りしていた。不思議な女性だった。おそらくよいアメリカ軍人と一緒になってアメリカに行ったのではないのだろうか。目鼻立ちのはっきりしたインテリ女性だった。

このころ研一は、南区万世町《まんせいちょう》にあった三吉《みよし》劇場に時々足を向けた。この演芸場は、中村川にかかる三吉橋のほとりに立っていた。ここでは日本中の大衆演劇団が入れ替わりいろいろな出し物を披露しており、劇場主は施設を変えず、かたくなに伝統を守っていた。

戦災でも焼け残っていて、出し物も歌や踊り、獅子舞などもあって、これらの実演を何度か見た。一時間か一時間半は現実から離れることができて、一種のストレス解消になっていたと思う。

戦争中に浅草や新宿にあった大衆演劇場を彷彿とさせ、懐かしさも一入《ひとしお》だった。こんなとも研一に都市としての横浜に親しみを抱かせることになったのである。

友人たちは、三吉劇場に出入りする研一にはあまり同調しなかった。研一自身は東京へ出かけた時に新劇の舞台もよく見に行ったし、クラシックのコンサートにも時々出かけていた。

この演芸場の付近はいかにも庶民の生活が色濃く残っている土地柄であり、それだけにどれといって取り立てていうほどの仕事をしている人びとはいなかった。それでも障子の桟をていねいにこしらえている建具職人や、三味線を作っている年輩の人もいて、どことなく横浜の下町ふうな雰囲気の横溢している、親しみのもてる町であった。

戦前から続く花柳界も近くにあった。戦後はアメリカ人相手の商売に押されてなんとなく沈滞気味であったが、座敷をかけると置屋から若い女性が箱に三味線を入れて現れ、小唄や新内を披露した。研一はこの時期日本の音曲にひかれたが、横浜を離れるとともにいつしか興味が薄れてしまった。

クラブ・カリオカでは三、四人メンバーが変わったが、どうにかマイナスにならずに経営していた。研一も時々クラブに顔を出したが、流れているアメリカの音楽に心を奪われてしまい、美奈や規子に笑われることが多かった。

フランク・シナトラの歌う「オール・オブ・ミー」「いとしのヴァレンタイン」などはアルトサックスのネルソン・リドルとともにその後長く研一の愛聴曲になった。ナット・キング・コールの「煙が眼にしみる」も心にしみ入った曲の一つだ。

美奈は「先生どうなっちゃったんでしょう。先生のクラシックはどこに行ったのかしら」などといって研一をからかったが、それを無視してマイルス・デイヴィスやグレン・ミラーのいろいろな演奏を聴いていた。

あとになって考えると、戦後のアメリカのジャズに心を奪われていたなと思う。ちなみにデイヴィスの音楽では「イエスタデー」「イッツ・オンリー・ア・ペイパー・ムーン」「ラブ・ミー・オア・リーブ・ミー」などなど……。グレン・ミラーのものでは「ミネトンカの湖畔」「イン・ザ・ムード」「スターダスト」「インディアン・サマー」などがそれぞれ心に残っている。この時代を過ごしたことが、研一の西洋音楽への興味がクラシック音楽だけに片寄らなかった大きな理由だった。

京子

六月の声を聞くと昨年と同じように、磯子の海岸へ潮干狩りに行くのが待ち遠しかった。昨年は阪東橋から吉野町三丁目へ行き、八幡橋で乗り換え、間坂、磯子と市電を乗りついだが、今年は元町から関内を抜け、そのまま磯子まで乗り換えなしで行った。長靴をはき、網の袋を三、四枚持参し、小さな熊手を二本用意した。京子もズボンに長靴姿で停留所に現れたが、市電のなかでは研一のピケ帽と京子の麦わら帽のコンビと物々しいいでたちのため、他の乗客からジロジロ眺められる破目になった。

磯子で市電を降り、森の停留所の方に歩きながら海岸に出た。午前の早い時間だったが、すでに十人近い人びとが思い思いの姿で砂浜を掘りかえしており、かなりの収穫をあげている人もいた。

研一と京子はそれらの人たちから少し離れたところに位置を決め、熊手を使ってみると面白いように貝が砂の間から現れてきて、ちょっとつかむとピューと潮をはき出したが、三十分も掘ると持ってきた袋がいっぱいになってしまった。それでも一時間くらいは作業を続けた。

海岸線から少し離れてよしず張りの店に入り、網を買いこみ、ビールを頼んだ。二人とも顔がかなり赤くなり、砂があちこちついて思わずふき出した。洗い場に行き顔を洗うとピリピリしたが、久しぶりの海の香りは二十歳前の海での夏休みを思い出させてくれた。

帰途、京浜急行に乗り、弘明寺で降りた。ここは弘明寺観音の門前商店街で昔からにぎやかな町として知られ、老舗が多く、京子は旧知の店が多いらしく、手作りの食べ物を二、三種類求めると研一にみやげとして持たせてくれた。もっとも二人で採集した潮干狩りの成果のアサリは皆京子に渡したが、こんなにあれば友だちにも分けてやれると喜んでいた。

富士子

野毛山公園へ行く。

昭和二十六年に、総面積約一万坪の動物園ができた。富士子は動物好きで、一緒に見に行こうと研一を誘ってくれた。子ども時代から野生動物に自分でも不思議なほど興味をひかれていたので二つ返事で出かけた。

園内にはキリン、インドゾウ、レッサーパンダなどが飼育されていた。ペンギンやクジャクなどは放し飼いにされていた。吊り橋を渡ったところには山羊などに子どもが触れることができるようなスペースがあって、二、三時間はあっという間に過ぎてしまった。

富士子は、

「藤井先生の動物好きには驚いたわ。犬や猫は飼っていらっしゃらないんですか」

「うん、動物を飼うことは彼らに対して責任が発生するので、あまり気楽には飼えないんだよ。子どものころには猫を飼っていたけど、六、七年は生きていたが、最後はどこに行ったかわからなくなったことがあるんだよ」

「いくつくらいの年の時だったんですか」

「十二、三歳だったかな。そしてその猫の死体が見つかったのは、いなくなってから一年ぐらいあと、家の大掃除の時畳を上げて床下を掃除したらミイラの状態で出てきたんだ。私の姉はひどく嘆いて、結局庭の一隅に埋葬したんだけれど。子ども心にも最期がわからなくて可哀想なことをしたなと思ったよ」

「そんな経験があったんですか」

「そうなんだよ。それ以後動物を飼う気にならなくなってね。しかし動物の動きを見ているのは非常に楽しいんだ」

「そうなんですか」

「今日はいいところを教えてもらった。嬉しいよ」

「喜んでいただいてお連れしたかいがありました。また来ましょうよ」

この当時野毛にはレストランがいくつかあったが、桜木町の駅から七、八分のところにあった江戸前の繁の鮨に寄って早い夕食をすませて別れた。

富士子は八畳の居間とキッチン、トイレがついた狭いアパート住まいだそうだが、母猫と子猫二匹を飼っているという。

夜は毎晩十二時過ぎになるホステス稼業だが、一時に帰っても二時にもどっても玄関の鍵を開けると半坪の靴脱ぎのところに三匹で姿を見せるそうである。

「彼らの顔や姿態を見ていると、すごく教えられますよ」

「ああ、それは、僕もいつだったか、猫の姿態ほど素敵な女性に会ったことはないとある映画監督に聞いたことがある。女性の演出については評判の監督なので、それからは他人の飼い猫でもよく観察することにしているが、どんな姿態がそうなのかまだよくわからないよ」

「あら、藤井先生も妙なところに目をつけているんですね。しかし、その監督さんのいうことは一面の真理をついていますね。さすがするどい観察ですね」

「富士ちゃんもそう思うの」

「ええ、私は前からそう思っていましたから。でも実際になると気恥ずかしくてそうはできませんけれど」

寿美

晩夏の午後、美奈が寿美をともなって研一の山手の家に訪ねてきた。

寿美がクラブ・カリオカのホステスとしてすでに一年あまり勤めていることは知っていたが、たまにクラブで顔をあわせても、特別話を交わすこともなく、ニコッと笑顔で挨拶するだけであった。一体に無口で表情もどちらかといえばやや暗く、これで接客がうまくゆくのかと思えるようであったが、美奈にいわせると、

「彼女は美術に関心が強く、またひそかに作詞もする素敵な女性ですよ」

「ほう、それはそれは。寿美ちゃん、美術というと」

「ええ、彫刻が好きなだけですわ」

「誰の作品が好きなの」

「大内青圃さんの木彫が好きなんです。ことに仏像彫刻に興味があるんですよ」

「それは素晴らしい。しかし寿美ちゃんのように若い女性が仏像彫刻とはね。青圃さんには

可愛い童子のテラコッタがあって、僕は一昨年、銀座の画廊に勤めている友人に頼んで、オークションで落としてもらったことがあるよ」

「あら、それは是非拝見したいですね」

こんな調子で寿美とのつきあいが始まったが、クラブのホステスとしての関係ではなく、美術の愛好者同士の話しあいに終始した。

「寿美ちゃんは青圃が高村光雲の弟子だったことは知っているだろう」

「ええ、それは知っています。光雲は高村光太郎の父親ですね」

「ああ、そうだね。光太郎はロダンに心酔し、日本の近代彫刻を確立した芸術家といわれているよね」

「そうですね、ただ私は光太郎の彫刻はそれほどよく見ていませんが、詩人としては大変尊敬しているんです」

「それはますます驚いたね、詩人としての光太郎ということになると、いろいろ話したいことがあるよ。美奈ちゃん、時間はいいのかな」

「ええ、あと一時間くらいは大丈夫ですよ」

「光太郎の話の前に青圃のテラコッタを持ってくるよ」

研一はベッドルームの隣にある書斎の棚から彫刻の入っている箱を二つ三つおろし、そのなかから青圃のテラコッタが入っている桐箱を抱えて二人のところへもどった。

寿美はていねいに箱をあけると、二十センチ丈の童子のテラコッタを取り出した。

「あら、可愛い彫刻ですね、青圃がこんな作品を作っていたなんて驚きました。いつごろのものなんでしょうか」

「さあ、たしかなことはわからないが、おそらく戦争末期じゃあないだろうか。表情がいいね」

「そうですね、仏像のおだやかな顔と一脈通うものがありますね」

「そうか、やはり青圃の顔が好きなんだね」

「そうかもしれません」

そういっていかにもいとおしいようにテラコッタの全身にきれいな手を這わせていた。

「ブロンズや木彫よりもテラコッタは温かい感じですね」

と感覚的に鋭いことをいう。

美奈の話によると、寿美は終戦の翌年に女子専門学校を出たということだから、研一とはあまり年は違わないはずだ。美奈は青圃の名前は知らなかったが、光雲、光太郎は知っていた。たまたま彫刻のことが二人の間で話題になり、それなら研一に話をしてみるとよいのではないかということになり、遠慮していた寿美を連れてきたという説明だった。

青圃は日本美術院の同人として木彫に精彩をはなち、日展でも多くの名作を出品していて、戦前、戦中から仏像彫刻の第一人者と目されていた彫刻家である。寿美と話が出た昭和二十年代後半のころは五十五、六歳で、脂が乗っていた時代だった。

寿美のいうように童子のテラコッタはたしかに珍しかったのだろうが、戦争末期にはブロンズを制作するのにも材料の入手は困難だし、また彼の作品の愛好者からの依頼もあってそうした小品をいくつか制作したのだろう。芸大の木彫科出身で若いころから仏像制作に手を染めていた。

こんな話をしているうちにたちまち予定の一時間は過ぎて、光太郎の話が出る時間がなくなり、その話はまたの機会にしましょうといって二人は帰っていった。あとで昼食はどうしたかと心配になったが、世間智のある女性二人だから研一が心配することもないかと思った。

この時を契機に、美奈と寿美は彼女たちの仕事に関係のないことで時に研一と言葉を交わすようになった。ただ他のホステスがいるところではこのような話はまったく出なかった。おそらく二人とも意識して話さなかったのだろう。研一は二人ともT・P・O（時、場所、状況）を心得ているなと思っていた。

しばらくして、西区の平沼にある角平で寿美と一緒にそばを食べたことがある。ここのそばはつなぎに卵を使いていねいに手打ちしたもので、うまいそばつゆとともにえび天が美味しかった。

店に来る前に、高村光太郎の詩についての話がいろいろ出たことがある。ことに『智恵子抄』には特別に関心があったようで、今度会うときには自分の好きな詩を二、三編書いてきますと約束していたが、それを持参したという。

いずれも光太郎の昭和初期の作品で、光太郎に定収入がなく文字通り貧乏暮らしのころのものである。この時はあとの予定があり、受け取っただけで別れ、後日の約束をした。角平で会ってから二週間くらいあとの九月十三日に再度会うことになった。その日はちょうど「お三の宮」の秋のお祭りの日だったので、南区の山王町にある神社の境内で落ちあい、そこから中区福富町の近くの桃山グリルに行くことにした。

阪東橋から弘明寺に向かい、市電で三つ目の停留所に「お三の宮」はある。氏子は伊勢佐木町を筆頭に四十町以上にもなり、戦後二十六、七年ごろにはすでに多くの神輿《みこし》が伊勢佐木町をはじめ各町を練り歩き、その規模は市内でも屈指のものであった。研一は、町の多くの人びとから「お三の宮」と親しまれ、生活の安穏や五穀豊饒を祈り、信仰の対象になっていたのに感心していた。

桃山グリルの個室に落ちついて、寿美の書き抜いた詩について話がはずんだ。

　あなたはだんだんきれいになる
をんなが付属品をだんだん棄てると
どうしてこんなにきれいになるのか。
年で洗はれたあなたのからだは
無辺際を飛ぶ天の金属。
見えも外聞もてんで歯のたたない
中身ばかりの清冽《せいれつ》な生きものが
生きて動いてさつさつと意慾する。
をんながをんなを取りもどすのは
かうした世紀の修業によるのか。
あなたが黙つて立つてゐると
まことに神の造りしものだ。
時時内心おとろくほど
あなたはだんだんきれいになる。

あどけない話

智恵子は東京に空が無いといふ、
ほんとの空が見たいといふ。
私は驚いて空を見る。
桜若葉の間に在るのは、
切つても切れない
むかしなじみのきれいな空だ。
どんよりけむる地平のぼかしは
うすもも色の朝のしめりだ。
智恵子は遠くを見ながら言ふ。
阿多多羅《あたたら》山《やま》の山の上に
毎日出てゐる青い空が
智恵子のほんとの空だといふ。
あどけない空の話である。

美の監禁に手渡す者

納税告知書の赤い手触りが袂《たもと》にある
やつとラヂオから解放された寒夜の風が道路にある。

売る事の理不尽、購《あがな》ひ得るものは所有し得る者、
所有は隔離、美の監禁に手渡すもの、我。

両立しない造形の秘技と貨幣の強引、
両立しない創造の喜と不耕貧食《どんしょく》の苦《にが》さ。

がらんとした家に待つのは智恵子、粘土、及び木片《こっぱ》、
ふところの鯛焼《たひやき》はまだほのかに熱い、つぶれる。

（高村光太郎著『智恵子抄』新潮文庫より）

寿美はこの三編の詩を便箋に書いて持ってきた。前の二編はたしか昭和二、三年ごろの作品であり、あとの一編は昭和六年ごろのものだ。前の二編を選んだ寿美の気持ちはわかるような気がするが、最後の一編は鑑賞するのが厄介だと思った。美の創造者の嘆きを研一は感

じていたのだが、寿美はどう思っていたのだろう。

美を創造する者は売らなければ生活できないという理屈を超えた不合理さと、金があって買うことができる者はその作品がもっている人間の共有物であるべき美を一人のものとして所有し、独占することができる理不尽さ、しかもそれを知りながら生活をするためにその美を売り渡してしまう光太郎自身の嘆きがそくそくと胸を打つ詩である。そして生活のための生産的な仕事をしないが故に、創造の喜びと実生活での不如意の対比がよく出ている作品だと思ったが、話してみると、寿美は研一の考えに一つひとつ相槌をうっていたが、その理解力というか美に対する感性に驚かされた。

この時には桃山グリルのあと場所を変え、二時間くらい話しあっていただろうか。そして次回は研一の選んだ詩の話をしたいという。

戦中に単行本や文庫本、雑誌その他で読んだもので感銘を受けたものをいくつか探し出したが、情けないことに智恵子の精神異常をうたったものばかりになってしまった。研一は自分のなかにある人間についての認識がこんなところに固着しているのかと、いささか憂鬱になった。

智恵子の悲しみや光太郎の苦悩に思いをはせる前に、医学畑のことに関心がゆくということはどうしたことだろう。どうもヒューマニスティックではないなと考えたりした。しかし、これは当時精神の異常について関心があったので、寿美との話しあいをするなかで、改めて何回か読んでそれらを取り出したのだと自分自身を納得させた。
昭和十二年ごろから十四年にかけて智恵子が狂気に犯され、亡くなる時までのもの四編ほどを書き抜いて寿美に渡した。

値《あ》ひがたき智恵子

智恵子は見えないものを見、
聞えないものを聞く。

智恵子は行けないところへ行き、
出来ないことを為《す》る。

智恵子は現身《うつしみ》のわたしを見ず、
わたしのうしろのわたしに焦がれる。

智恵子はくるしみの重さを今はすてて、

かぎりない荒漠《くわうばく》の美意識圏にさまよひ出た。

わたしをよぶ声をしきりにきくが、
智恵子はもう人間界の切符を持たない。

狂気を表現する詩としてこれほど哀切さを感じさせるものはない。

千鳥と遊ぶ智恵子

人つ子ひとり居ない九十九里の砂浜の
砂にすわつて智恵子は遊ぶ。
無数の友だちが智恵子の名をよぶ。
ちい、ちい、ちい、ちい、ちい――
砂に小さな趾《あし》あとをつけて
千鳥が智恵子に寄つて来る。
口の中でいつでも何か言つている智恵子が
両手をあげてよびかへす。

ちい、ちい、ちい――
両手の貝を千鳥がねだる。
智恵子はそれをぱらぱら投げる。
群れ立つ千鳥が智恵子をよぶ。
ちい、ちい、ちい、ちい、ちい――
人間商売さらりとやめて、
もう天然の向うへ行つてしまつた智恵子の
うしろ姿がぽつんと見える。
二丁も離れた防風林の夕日の中で
松の花粉をあびながら私はいつまでも立ち尽す。

人生遠視

足もとから鳥がたつ
自分の妻が狂気する
自分の着物がぼろになる
照尺距離三千メートル

ああこの鉄砲は長すぎる

レモン哀歌

そんなにもあなたはレモンを待つてゐた
かなしく白くあかるい死の床で
わたしの手からとつた一つのレモンを
あなたのきれいな歯ががりりと嚙《か》んだ
トパアズいろの香気が立つ
その数滴の天のものなるレモンの汁は
ぱつとあなたの意識を正常にした
あなたの青く澄んだ眼がかすかに笑ふ
わたしの手を握るあなたの力の健康さよ
あなたの咽喉《のど》に嵐はあるが
かういふ命の瀬戸ぎはに
智恵子はもとの智恵子となり
生涯《しやうがい》の愛を一瞬にかたむけた

それからひと時
昔山巓《さんてん》でしたやうな深呼吸を一つして
あなたの機関はそれなり止まつた
写真の前に挿した桜の花かげに
すずしく光るレモンを今日も置かう

（高村光太郎著『智恵子抄』新潮文庫より）

寿美に渡してから二、三週間後の十月初旬、美奈から連絡があった。研一の選んだ詩について、いろいろうかがいたいということだったので、山手の家に来てもらうことにした。美奈も「お二人の話を私も聞きたい」というので、二人に午後の早い時間に来てもらった。

寿美は、

「藤井先生は精神異常者には大変同情的というのか、悪くいえば興味があるといったらよいのかと美奈さんから聞いていたのですが、選ばれた詩は皆智恵子の狂気についての光太郎の作品ですね。面倒でなければ解説していただけませんか」

「おいおい、だいぶきつい質問だね。いきなり医学部精神科の口答試問みたいなことといわないでよ」

「いえ、そんなだいそれたことじゃないんです。私も女専在学中、心理学に興味があって、講義を聞いたことがあるんです。そんなことで彫刻や絵画に現れた人間の表情にひかれたのかもしれません。もちろん生身の人間の表情にはそれ以上興味がありますけれど」

研一は寿美の生真面目さにはきちんと対応しなければと思い、一編ごとに自分の判断について説明することになった。

――「値ひがたき智恵子」について。この「値ひがたき」は会うことのできないという意味だが、同時に値することができないというニュアンスもあるんだ。

一と二の小節は幻想や幻聴のことで、平常ではできない行動が実際にあったことが光太郎の回想のなかに出てくるよ。

四小節は正常な意識では感じられないはてもなく広々とした美の世界のことだよね。

五小節は智恵子は意識のなかの作者をしきりに呼ぶのに、眼の前の作者をそれとみとめ、意思を通わす方法をもうもっていないという悲しい状態を表しているが、このころから智恵子の症状はしだいに悪化し、九十九里での療養を切り上げ、南品川のゼームス坂病院に入院し、治療を受けるようになったんだ。

狂気を表現する詩としてこれほど哀切さを感じさせるものはない。狂気に見舞われた妻を見ている悲しさがひしひしと伝わってくるような詩だね。

次の「千鳥と遊ぶ智恵子」。これは天然のなかに入りこんでしまった智恵子の情景描写で、三年間にわたる看護の甲斐もなく、九十九里に残してきた智恵子が鳥の鳴くまねや、唄をうたうまねをしている姿に涙したことを友人への手紙に書いているんだよ。

「人生遠視」は、智恵子の狂気により、はるかに照準を定めた自分の人生の、その生き支えあってきた半身が、いま崩壊しようとしている歎きが哀れだね。

「レモン哀歌」は、臨終に近い激しく苦しい呼吸のなかで、レモンの汁によって智恵子の意識が正常になり、それとともに深呼吸を一つして生命が終わったという、智恵子の最期を描写したものだが、これは私にはもっとも感動的な詩編なんだよ。——

こんな話を美奈同席で長ながと話し終わると、なんだかひどく疲れた。

しかしコーヒーを一杯飲むと、美奈と寿美は異口同音にいった。

「藤井先生、ご苦労さまでした。先生は私たちのことはもちろんクラブのホステスとしてみていらっしゃるけれど、同時に彫刻や詩、音楽に関心のある仲間として大切に扱ってくれていると思います。どうもありがとう。今日はすごく嬉しいわ」

「それはよかった。今日は美奈ちゃんとは音楽の話ができなくて残念だったが、またの機会にしよう」

こうして、この日の会合は夕方前に終わった。

陽子

陽子は背はかなり高く、痩せ気味だが知的な輪郭の顔立ちをしており、一見して清潔な感じの女性で、話も面白かった。

研一が知人と八時過ぎにクラブ・カリオカに出向いた時であった。研一が陰のオーナーであることを店のホステスは知っていたので、その応待はママの代理をしている美奈の担当であった。陽子をともなって研一たちの席についた。

陽子はそこそこの英語も話せるので外国人のうけもよかったようだ。もう二十四、五歳になっていたのだろう。ちょうど、女学校を卒業した年に終戦になったとか。

カクテルの種類もよく知っていたので、研一の連れはご機嫌で、いろいろな店のバーテンダーの話を披露していた。他愛のない会話で一時間くらい過ぎた時、連れはトイレに立った。よく気のつく美奈は、ウエイトレスから手拭きを受け取ると入口のドアを開けて廊下に出ていった。

そのわずかな時間に陽子は研一に、「今度の土曜の一時ごろ、中区末吉町にある大田なわのれんで会えないだろうか」という。どんな話なのか見当もつかなかったが「ＯＫ」と返事をした。この店は松坂牛を使い、店独自の練りあげた味噌で煮る、まろやかでコクのある味で、数ある牛鍋の店のなかでも有名な店の一つであった。

店のホステスは研一の職業を知っていたからであろうか、なにかあると研一の意見とアドバイスを聞くことが、いつのころからか暗黙の決めごとのようになっていた。研一にしてもあまり年の違わない女性たちの精神状態を知る契機にもなるので、よほどの予定がないかぎり彼女たちの相談には応じていた。

研一の連れは陽子の清潔な話し方が気に入ったようで、その夜はいろいろなリキュールをベースにしたカクテルを彼女にご馳走しながら二時間近く時を過ごした。美奈はその間もなじみの客が見えて何度か席を外していたが、陽子は一度も席を外すことはなかった。

三日後の土曜、約束の一時に研一が大田なわのれんに出向くと陽子はすでに店に来ていた。この時陽子から聞いた話は、「女性は男性とのランデ・ヴーの時、なにを望んでいるのか」ということについて目を開かされる内容であった。もちろん女性一般に論旨を拡大するのは危険であるが、かなりな程度で女性に共通なものではないかと思われた。

陽子は何度か口ごもりながら話しはじめたが、彼女の相手は二十八歳の銀行勤務の真面目な男性のようであった。もう半年近く交際が続いているという。

「藤井先生、彼は半年もたつのに手一つ握ってくれないの。こんなことは恋愛の初歩の段階で誰でもすることでしょう。それをしないということはどういうことなのかしら」

「そうだね、ある種の男、ことに気の弱い男のなかには、恋愛感情というものが、感受性のみ強くて果敢な実行力に欠けている人がいる。こうした男性は良心的というわけではないが、恥をかくのが怖くて思いきった行動に出られない。そういう男性はかなり多いと思うが、彼の場合もそうなのではないかな」

「そうかしら」

「彼の気持ちがどういう形で現れるのか理解してやらないと。

性の欲望は当初から相当亢進しているのだろうが、こうしたタイプの男性が一人の女性に惚れこむと、面白いことにたちまち精神的になってしまうのではないかと思う。自分の恋が相手の女性に受け入れられ、そこに恋愛関係が成立すると、ただそのことだけで十分に幸福になる。相手が良家の子女で、恋愛の経験がない若い生娘の場合はもちろんいうまでもないが、そうでなく、何度か恋愛や情事の経験をもち、年齢的にそう若くない女性の場合でもこのことは変わらない。

陽子ちゃん、貴女のいう初歩の段階の単純な動きを阻むものは、陽子ちゃんの側にあるのではなく、恋を得たという思いから、それが精神的な歓びとして一方的に男性側にあることが多いよ」

「そんなことってあるのかしら」

「ああ、この段階での男性の陶酔状態は、初期にはランデ・ヴーの初めから最後の時まで続くことがあって、彼には陽子ちゃんに会えたし、今も会っているということ、それを自分で認識することが嬉しいので、その歓びをなにかの行動にすぐ発展させようというふうには心も頭も働かない。こういう男性を僕は何人か知っているよ。これは彼の恋情が相手の肉体とじかに結びつけたいというふうには働かない。そんなことによって陽子ちゃんの繊細な感受性にふれて、貴女の誇りや機嫌を傷つけないかと思うものだよ。なんと臆病な男かなと思わないほうがよいね。


僕が心配するのは、こんな自分だけの精神的な歓びにひたっていて、そこから一歩も進まないような相手に陽子ちゃんが飽き足らなくなることだよ」

「ひどくデリケートでプライドが高いといったらよいのか、いうべき言葉がないわ」

「誤解しないでほしいのだが、彼がそうだと断定しているわけではないよ。何度かのランデ・ヴーの間、陽子ちゃんがそれとなく示した数かずの素振り、表情、態度に彼がどう反応したか、そのことで陽子ちゃんがその不満をどう彼にわからせたか、それも問題になるよ」

「そういわれると、思いあたることもあるわね」

「たとえば一緒に並んで映画など見ている時、なにかの拍子に暗いなかで瞳をこらして彼を見たりしたことがないだろうか。またハンドバッグを座席から落としたような時に、いそいで拾って渡してくれた彼に対してどんな仕種でそれを受け取ったのだろうか。それに帰路、家の近くまで送ってくれて、さっさと別れる彼にもう少し歩いてみたいといったりしたことはなかったろうか」

「ええ、そういわれるとそんなことも二、三度あったわね」

「それは陽子ちゃんのなんともない不満の表現だったたと思うが、それが彼にはなにかの具体的な行動のきっかけにならなかったのだろう。彼がハンドバッグを拾って渡してくれる時は手を握るくらいのことができたはずだし、そういう点ではなんと不器用な男かと思うが、同時に陽子ちゃんは女性としての自分を、彼がどの程度認めているかという証拠を相手から見せてもらいたかったのではないだろうか。これは陽子ちゃんにとっては真摯で自然な要求の現れだと思うがどうだろうか」

「そうね、藤井先生のいう通り、私の彼に対する行動が彼に自信をもたせるようなことにならなかったのね。今後いろいろ考えてみるわ」

「そうだ、それがいいよ。よい結果になるといいね」

「ありがとう。なんだか二、三カ月モヤモヤしていた気持ちがすっきり晴れたようなよい気分。藤井先生、これから元町の喜久屋に行って、強いモカコーヒーでも飲みませんか、そのあと店へ直行します」

こういうと陽子は晴々とした表情で市電の停留所に向かった。

この時から一週間くらいあとに、陽子とその相手の銀行員からほとんど同時にそれぞれ研一に電話が入った。ちょうど夕方の五時ごろで、そろそろ仕事を終わりにしようと思っていた時だった。黄昏がわずかにその影を見せはじめていた。

「もしもし、藤井先生ですか、陽子です。彼と本牧の三渓園に来て、その帰りです。今日は昼で銀行が終わったので、一時ごろ桜木町で会って三之谷にある三渓園までバスに乗って出かけてきました。近くのそば屋で二人とも天婦羅そばと板わさで遅い昼食をすませ、原三渓園に入り、いろいろな移築物を見て二人で嘆声をあげました。とくに月華殿や聴秋閣の茶亭の美しさには感銘を受けました。

園内を歩きながら彼からいろいろ戦中のことを聞きました。彼は東京の麻布連隊の主計中尉だったのですが、昭和十八年に学徒動員で神宮外苑での雨中行進をしたそうです。その日、私も同じ場所で学生たちの行進を見て、思わず最前列まで走って行き、涙を流しながら彼らを見送ったのです。

あの日の感動がふつふつと蘇ってきました。そして二人はいつか手を握りあって前を向きながら歩いていましたが、彼の眼はかすかに紅くなっていました。私もなぜともなく涙が流れ、思わずハンケチで顔をおおっていました。

園のなかにあったベンチに腰かけて話しあっていましたが、ちょうど園内には客が見当りません。その時突然彼からファーストキッスの雨が降り、私は思わず彼にしがみついていました。あの悲壮な思い出を二人が共有していたということに、言葉にしにくいほどの興奮を感じ、自然に自分の身体が動くのが不思議でしたが、その直後震えるほどの感動が胸のなかをつき抜けました。

この一瞬で彼の固い殻が破れ、私も自分がひどく素直な気持ちになったようでした。突然の話でびっくりされたと思いますが、今、横浜駅で彼と別れ、すぐに電話せずにいられなかったものですから……」

この陽子の話は、研一には嬉しい内容だった。

このあと五分と間を置かず、「突然ですが私は酒井というものです。陽子さんのことでなにかとご心配いただきまして、大変恐縮しています。彼女から藤井先生のお話をいろいろうかがっておりました。今日は偶然なことから二人の気持ちが通じあえるようなことがあったので、失礼とは思いましたが、お礼の電話を差し上げました。今後ともよろしくご指導ください」という電話が入った。

しっかりした話し方で研一のほうが逆に恐れ入った。

この時からしばらくして、彼女からその後の二人の関係が順調に進展しているという報告を受けた。

この二人の場合には、偶然とはいえ学徒動員の壮行会現場で一緒だったということで、瞬時に同じ感情を共有したことがよい結果になったのだろう。非常にラッキーなケースだと思った。

知美

研一の知人に、横浜の野毛でかなり大きな時計屋の店舗を構えている二代目の当主がいる。年齢はたしか十歳くらい、研一より年長だったと思う。この時代どんな流通経路で手に入れたものかわからないが、ほとんどの時計店に置いてある国産のものとは違い、大部分外国産のもので、それもスイス製の高級品が多く、研一も彼から「ベンラス」という時計を買ったことがある。ほかにも大磯に住んでいた父親の友人の奥方にとダイヤをあしらった最高級品といってもよい時計を譲ってもらったことがあるが、たしか研一の月給の三倍くらい払ったように覚えている。

彼に誘われて野毛のサクラ・ポートには何回か足を運んだ。十代から二十代、三十代までのダンサーが五十人は下らなかっただろう。ほとんどが日本人の客で、広いフロアにはいつも二、三十組の男女がワルツ、タンゴ、ブルース、それに当時はやっていた激しい踊りのジルバを隣の人とぶつかりながら、夢見ごこちで踊っていたが、研一はその壮観な眺めにただただ驚いていた。

かたわらについていたダンサーに誘われても、なにか動く気分にならず、ゆったりした丸椅子に座りながら、アルコールを口に含んでいたが、あまり酒には強くないので一時間もたつと間がもてなくなった。彼には悪かったが、いくらかのチップをそのダンサーに渡し、ボーイに請求書を持ってきてもらって、そのまま外に出ることが二、三回にとどまらなかった。

彼、時田は身長一六四、五センチくらい、やや小肥りで、アメリカ製の眼鏡と金のブレスレット、時計は名前はわからなかったが、素敵な外国製の懐中時計を金の鎖でつないで三つ揃いのチョッキにおさめ、灰色のソフトを被っていた。一言でいえば、当時の横浜ではモダンボーイといういでたちだった。

研一の見るところでは相当に厚顔な女蕩しだったが、サクラ・ポートのなかでは何人かのダンサーたちに人気があり、研一はうぬぼれまじりの話を聞かされることもたびたびだった。しかし気持ちのよい仲間として、クラブに行った帰り時に中華街の広東料理店の同發にホステス同伴で誘われることもあった。小遣いの使い方は派手だし、きれいだったので、水商売の女性に騒がれても不思議ではなかった。

ある時、彼から女性観を開陳されたことがある。

「藤井先生、女の心をつかもうと思ったら、なんでもかんでも相手をほめればいいんだよ。鼻が少し高かったらそれをほめればいいし、頭がよいのを鼻にかけているなと思えば頭のよさに驚いてみせたらよいのだ。色の白いのが自慢のようなら、その白いところをもち上げればいいんだよ。

なんだってよいから、少しでも自慢しているなと思われるところをおめずおくせず、ほんとうらしくいうんだね。

それからあとは、さっさと実行に移ればいいんだが、それだけで大抵の女は一貫のできあがりだね。

誰が見ても美人だというような女はいちばん御しやすいが、どんな醜女でも多少は自分に頼むところがあるはずだから、早くそこをほめてやればいいんだ。一にお世辞、二にもお世辞、三、四はなくて、五にお世辞さ」

この通俗的な方法は、かなりの範囲で実際に効を奏したケースを残念だが研一は見てきた。しかしこうした実例は、女性の真の姿を少しも語っていないと思っていた。女の性のハンターを自負していた時田が手に入れた女性の数は少なくなかったが、研一にいわせれば、それらの女性は彼のような男性にふさわしい女性ではある。ほんとうのところは当の彼自身もそうなったあとの女性について、単なる享楽者としてでもそれほど満足しているわけでもない。これは女性を求める彼のほんとうの目的からはずれている。

研一にいわせれば、こうした女性は自負心、誇り、虚栄心も、いささか低いと思われる。大部分の女性は自分の価値を値踏みされることにもう少し敏感である。彼女たちは自分に向かっていわれるお世辞の内容より、そのいわれ方やそれをいう男性の頭の程度について微妙な選択をする。そして彼女の趣味や嗜好にあったいい方や、彼女が好感をもてるような男性からいわれるのでなければ容易にそれをとりあげないことが多い。

お世辞や甘言に負けやすい男性一般の状態を女性に見ようとすることは大きな誤謬である。このことは、知美の場合にそっくりそのまま当てはまるケースである。

知美は、あまり高くないハイヒールをはいて、研一と同じくらいの身長だから、一六〇センチはあったろう。当時としてはスタイルがよい女性だった。豊かな黒髪、豊頰、明眸皓歯と条件は揃っていたが、いわゆる美人というのでもなかった。だが、傍らにいてなにかとサービスしてくれる優秀なホステスだった。時田はこのホールでもすでに二、三特定の相手がいたようであるが、本命は知美だったようだ。

いつのことだったか、四、五回研一の席についたあと、「藤井先生は時田さんとは長いおつきあいなんですか」という。

「いや、ここ二年くらいかな」

「時田さんが裕福な方だということはわかっていますが、どういう方なんですか」

「どういう人って」

「そうですね、お仕事はわかっていますが、どんなキャリアの方といったらよいのか、こんなうかがい方はちょっと生意気だし嫌味ですよね。そうそう、これならよいかもしれません。時田さんは私たちダンサーをどう見ていらっしゃるのか、藤井先生の男性としての見方といったらよいのかしら、ちょっと出すぎた質問でごめんなさい」

この質問をした時に知美の瞳にかすかな自己不安の影がよぎったのを、研一は見逃さなかった。さりげない質問のなかに、彼女が当面している問題について女性としての自己保身の強さを見せられたように思った。

ああ、これは時田の病気が始まったなと直感した。相当激しくアタックされているんだろうと知美が哀れになった。彼女はもっと知的なものに興味があり、自分の将来の設計についても慎重に進めているように研一には思われたからである。彼女とて自分へのうぬぼれはもっているのだろうが、時田の例の手放しの賞賛には心が許せなかったのだろう。無理もないとむしろ彼女に同情したが、そこがホステス稼業の難しく悲しい点である。

彼女との話のなかで研一がわかったことは、自分の価値について敏感であり、自分でも意識しない深いところでいつも自問自答を繰り返している。これは女性という性の本源的な不確かさ、不安さからきているものだと思った。

知美と話していて、フランスの哲学者ラ・ロシュフコーの言葉を思い出した。

「女はうぬぼれが強いが、それは自信というよりもっとよりどころの深い、女性という性の構造そのものからくる、もっと根源的な不安ではないだろうか」

研一は、知美は相当なインテリ女性だと思っていたが、時田との関係でそれを実証した。彼女は自分を知っているとともに、男を見る目も確かだったということである。

この後しばらくして、知美はサクラ・ポートからクラブ・カリオカに移ってきた。美奈とのコンビもよく、美奈の不在の時にはその代理もできた。移籍して一年後の昭和二十八年、研一の紹介で十全病院勤務の外科医との交際が始まった。

この外科医は面白い人柄で、その交際範囲も大変広く、日本画家、洋画家、工芸家に始まって当時の三吉劇場に出演していたボードビリアン、野毛の骨董商たちとの交流もあった。ただ研一のようにピアニストやヴァイオリニストなどとのつきあいはほとんどないようだった。外科医としてはかなり優秀な消化器外科医だった。
四、五カ月の交際ののち、研一に今度結婚することになったという報告が知美からあった。彼は知美のよいカウンセラーになってくれたようだった。その報告にきた知美の瞳には一年半くらい前に見せていた自己不安の影は見られなかった。
結婚と同時に彼女は水商売から足を洗った。

女と男

知美のケースでは研一はいろいろなことを考えさせられた。

時田は知美にくらべると甘い点が多かったのではなかったろうか。さまざま考えていて思い至ったことがある。

研一はある時、クラブ・カリオカのホステス小夜子が、研一も面識のある三人の女性となにやら世間話をしているところに居あわせたことがあった。研一が一席もうけた時のことである。この時の席は華正樓だったと記憶している。小夜子以外の三人の女性はそれぞれいろいろなクラブのホステスで、小夜子のところへ何人かの客を連れてきたので、そのお礼の意味でご馳走したのだったと思う。研一は費用だけ渡して出席するつもりはなかったが、小夜子から是非同席してほしいといわれて顔を出した。

それぞれ男性群の噂話をしていた時、好ましいとか、感じがいいという感情を表現する時に、よく「可愛いわね」という言葉を口にしていることに気がついた。そう思って気をつけて聞いていると、かなりの年輩の客や時には自分の父親くらいの年齢の客に対してもごく自然にこの言葉を使っているので正直なところ驚いた。

それ以後、この言葉は若い女性だけではなく、それこそ教養、趣味などに関係なく、あらゆる年齢の女性の口から異口同音にいわれていることに一層びっくりした。

これは女性たちがデパートの子ども用品の売り場などで衣類や帽子に手を触れて「可愛いわね」といったりするのと、どこかで相通ずるものがあるのではないかと思った。

「可愛がりたい、愛撫したい」という感情と同時に、「自由に扱いたい、思うままに愛撫できる」という愉しい可能性と誇らしい優越感が一緒になった感情が、デパートの売り場にある赤ん坊用品の前で、優しい眼差しで多くの女性を立ち止まらせるものであろう。同時に、本来なら彼女たちのほうこそ愛撫されいたわられる立場にあるが、愛を享受する立場を超えて、男性に対する積極的な愛の衝動が、多くの女性にあるのではないのだろうか。

これは要するに女性の男性に対する支配欲といってよいものではないか。

男女の立っている基盤が、力の関係の上に成り立っているということはこれだけではっきりしているのだが、彼女たちはただ男性の側からのみ愛されているのでは満足せず、時にはそれと同時に、彼女たちのほうからも積極的に男性を愛したいのだと思う。

人間の本能としての支配欲は、ちょうどそこのところで彼女たちを深く動かしているのだが、こういう時、見かけは立派なたくましい男性を、たいして苦労せずに動かす急所というか弱点として女性たちが捉えるのは、この子どもらしさということではないだろうか。大多数の女性が男性に対して所有しているひそかな秘密として、女性同士の間でしばしば話題になる、「男って、どんな人でももとどのつまりは子どもと同じね」という一言は、このことをよく物語っているのではないだろうか。

ここでルソーの言葉を思い出した。

「女性というものは決して子ども以上を出ないものだ」

この言葉はいささかおかしい。むしろ逆にこういうほうが適切なのではないだろうか。

「男性の心はいくつになっても大きな子どもだ」

このことは男女の人生を考えてみる時に、女性の心からはごく早い時期から童心が消えていくと思われるが、幼児から老年になるまで一貫して童心を失わない男性は相当に多い。こうしたことを誰よりもよく知っているのが、女蕩しということを誇りに思っている一群の男性だと研一は思っている。それ故に、自分やそれに類するいささか甘い男性を支配するのに馴れている女性には、この点に自分の弱点がひそかにあるということをつい忘れてしまうことがないように、と告げたいと思っている。


性格の似たもの同士が惚れあうのはなぜなのだろう。

支配欲という言葉は恋愛の際、暗黙のうちに男女を支配している。人間にとって根源的な一つの本能については避けて通れないことである。

相性という言葉でいわれている男女の触れあいや結びつきのなかで、この本能が果たしている役割は驚くほど強靭なものであると思っていた。しかし寿美の話を聞いていて研一はなにかちょっと違うものがあるのではないかと疑問をもつようになった。

寿美の話から、彼女の場合には相互に惹かれているということが、人間の心の美しさとはかなり遠い現れではないかと思うことがあった。好きとか好かれるということがかなりいい加減なことであり、惚れこむということだって、その陰で働いているほんとうの動機には愛とはかなり距離があると感じたからである。それは彼女の動機の他愛ないことに気づかされたからである。それは理想像の描かれ方が男女ではいちじるしく異なっているからだ。

女性の場合には、その胸に宿る理想像が、信頼できる人とか頼もしい人、誠実な人というようなきわめて漠然とした観念的なものである。これにくらべて男性のうちに描かれている理想像は、痩せ型ですらりとしているとか、色白で豊満な肉体とか、眼が大きくエキゾチックな顔立ちをしているとかというような肢体の微妙な形はもとより、身体の色や目鼻立ちの微細な点まで、実に綿密にリアルなものが往々にしてあるからである。

こうした男性の多いことは、何人かの友人との交流のなかでしばしば感じた。この点が男女の間の決定的な差異であって、女性側に立つ人が男性を蔑視する際に恰好な材料として指摘するように、男性の欲望があまりに肉体に執着し動物的であるのに比較して、女性の欲望ははるかに精神的であるともいえる。女性としての性を求めて苦悩しているのであり、女性のなかでも特にまだ恋愛を知らない女性のそれは、厳密な意味で性的欲望とはいえず、具体的な相手が出てきて初めてそれと目覚め、その後に真の理想像として定着するのである。これは女性という性の必然的な傾向である。

研一はかつて産婦人科医の佐藤から、「俺は悪女でなければ興味がない」といわれたことがあった。これは彼の放言だと思っていたが、若年から本気で熱をあげたのはほとんどそういうタイプの女性だった。青春の大半とはいわないが、かなり重要な時間をそのような、いってみれば架空の恋愛のなかで過ごしていたようであった。

この種の悪女的なタイプの女性は、大半の男性にとっていつでも魅力的とはいえないまでも、大変気になる女性だということは研一にはわかっていた。優しくて情の深い、いわゆる女らしい女と違い、男性にとっては悩みのもとであり、大怪我のもとにもなる。キラキラ眩しい雌的要素をこうした女性ほど強烈に備えている女性はないからだ。それはたとえていえば、嫉妬深さ、意地悪さ、冷酷な媚態の深さ、誠実のなさ、嘘の巧さ、さまざまに入り組みもつれた枝や梢を微妙な角度で表している。

これは一本の精緻な美しい木に似ていて、その数かぎりない枝や花に大半の男性は魅せられるのではないか。優しさとか、しおらしさ、あるいは純情、謙虚といった美徳に類するものにはあまり惹かれず、どちらかというと「悪の華」といったものに引きずられるのは因果なことだが、もともと魅力というものが男女の間ではこのような形で作用することが多いのだからどうしようもない。

こうして研一が思いついた女性に一貫して認められるものは、徹底したエゴイズムと強情さである。この強情は我の強さともいい得るもので、これは情の強さとは違い、情の深い女性にはなれないように思われる。

男性のお世辞を女性はどうして容易に信じないのであろうか。

世にいう女蕩しの友人が研一に話したことがある。

「女心をつかもうと思ったら、なんでも相手をほめればいいんだ。色の白いのが得意なら色の白いのを、頭がよい顔立ちがよければ、それをほめればいい。色の白いのが得意なら色の白いのを、頭がよいと本人が思っているならそれに焦点をしぼって礼賛すればいいんだ。

どんなことでも自慢しているようなところをいかにも真実らしいいい方で持ち上げるんだよ。大概の女性はほろりとなるよ。誰が見ても美人ならいちばんやりやすいが、どんな醜女でも本人にすれば多少鼻にかけているところがあるから、そこを賞賛すればいい。とにかくそうすれば女の心をつかむのは楽だ。

一にもお世辞、二にもお世辞さ」

この友人のやり方は、女性に対してだけでなくかなり広い範囲で効を奏していることを研一は日常生活のなかで見ていたが、ある時美奈と話していて彼女の結婚した相手がその通りの人間だったと話してくれたことがあった。それ以来男性のお世辞は信じないようになったと、さびしそうな表情を見せた。

実際美奈は背が高く、東北生まれらしく色白で顔立ちもくっきりしていて、クラブ・カリオカでも人気のあるホステスの一人であった。

その彼女にしても、一度つらい思いをしたあとは自分の存在にふさわしい自信がもてなくなったということは悲しいことだ。しかし彼女にふさわしい男性が現れるだろうし、また彼女自身も自分の価値を値踏みされることについてもう少し敏感なはずで、それに対して微妙な選択眼を働かせ、彼女の趣味にあった男性を選べるだろうと思った。


また、峰子の話を聞いていて、研一は一対の男女が好いたり好かれたりする根底には、いわゆる体質に基づいたなにか共通のものが、そうした感情が出てくるもとになるものとして、すでに事前に相互の間に存在する必要があるのではないかと考えていた。これは男女の間ではプリミティブな形で強く存在しているからそういう関係になり得るのだと以前から思ってはいた。小さな些事における気質の一致や趣味が同じということがあるはずだと思う。

峰子と相手のバーテンダーの間にもこうした気質の一致やあるいはどんな趣味かわからなかったが、一方的に若いバーテンダーの優しさにほだされただけだとは思えなかった。もちろん峰子の人間一般に対する思いやりや感受性は研一にも感じられたが、その生活環境は相手とは相当に違っていたはずである。

ラ・ロシュフコーの「箴言」のなかにちょっと意地の悪い言葉がある。

「女はうぬぼれは強いが、自信はないのだ」

自意識の強い成熟した女性が、「女も相当な年になれば、そのなかには放っておいたらなにをするかわからない妙なものがあるのを、大抵自分で認めるようなものだ」と、率直に述懐した言葉を読んだことがあるが、この言葉には意味があるように思う。

女性のなかにはたしかにそういうものがあり、それが恋愛以前に聞かされる男性の甘言に対しては本能的に彼女を用心深くさせるが、一度恋愛が始まり心身ともに相手にゆだねたあとは、絶えず不安となって深い内面から彼女をゆり動かすように見える。

ラ・ロシュフコーのいう表面的な「自信」という言葉では足りないのではないだろうか。これはもっと拠りどころの深い、女性という性の構造的なものからくる根源的な不安なのではないだろうか。男性は女性にくらべると、たしかに甘い点が多いのではないだろうか

ここに思い至って研一は、人間として女性が男性と異なる一つの理由は、女性が頭脳と子宮という二つの中心をもっていることではないかと思わざるを得ない。

女性の二次性徴としてはいろいろな点があげられる。これは男性でも同じであるが、その生理の構造の繊細さと複雑さが根本的に違っている点は単に肉体的なことだけでなく、心理の動揺や蕩揺が、男性と女性とでは根本的に異なっているのである。

女性は男性に比してなぜ淋しがりやではないのか。

端的にいえば、女性は男性にくらべて本質的な意味でははるかに淋しがりやではない。たとえば女の子の子どものころの遊びである人形ごっこやままごとなどは、自分自身と遊んでいるのである。「さあ、おねんねしましょうね」という独白も、見かけは人形との会話だが、内実は人形を通して行っている自己との対話なのである。

その目的は自己の充溢にあり、そこに遊びの楽しさがあるのであって、他者と遊んでいるのではない。彼女のいちばん愉しい遊びは、他人をまじえない密閉された場所で、自己の存在感を自己の手によって確認する喜びなのである。

一体に男の子の遊びは集団でやることが多いが、これが女の子の場合には仲間と一緒でも自己確認の欲望で夢中になっていて、他人の話を聞く余裕は見事に黙殺されている光景を見ることが多い。

一般に一人でいることに堪えられない性向は、女性よりも男性のほうに強く、本質的には男性に比較して女性ははるかに淋しがりやではない。

女らしさに男はなぜ郷愁を感じるのだろうか。

初期の夫婦関係は、たとえば同棲という形で相互の情熱がなんのわだかまりもなく発揮されているような円満な恋愛の状態のなかでは、妻または恋人の男性に見せる濃厚な親切さやもてなしぶりが、どんなに情が深く細やかなものか、大多数の男は経験があると思う。たとえば自分の好みはわきに置き、男の好きな料理をなんの躊躇もなくすぐに用意するのを何度か見ている。また身につける装飾品や洋服、はては髪型まで男性の好みにあわせる素直さは、献身という言葉で形容するのがもっとも適切な状態である。

この親切は徳目的な感情の発露としてのそれではなく、単に彼女にとって快楽になっている場合もあるのではないだろうか。しかも男性の多くはそれを女らしさとか優しさと考え、一種の郷愁的な感情を感じているのではないだろうか、と研一は常々考えていた。独断といわれる恐れはあるが……。

男性と女性は、性のドラマの性格が根本的に違う。

女性からはおそらく強い反発があると思うが、研一にいわせればまだ男を知らぬ処女はほんとうの意味では女性ではない。女性以外の何者でもないのであるが。

女性が男性と異なる理由は、頭脳と子宮と二つの中心をもっているからだということは、つとに外国の学者によって指摘されていることである。男性の場合には十三、四歳ごろからしだいに肉体が成熟に向かい、十六、七歳で完全に一個の雄になるが、そのころから脇目もふらず性の欲望の充足を考えるようになる。感情のうえでは、男性とか女性または愛とか恋とかいう言葉で飾られ、漠然と意識のうえに上がってくるが、思春期という呼び名は男性にとってはいささか美化された言葉である。これに反して女性の場合には肉体の成熟が男性のように欲望には直結していない。

フロイトが女性についての考察のなかでペニス・コンプレックスと呼んだ意味で、女性の肉体の内部には本然的に欠けているものがあって、一個の雄に成長した男性にはいつも足らないものが外部に存在している。それを目がけてなんとかそれに接近して、それを獲得し、それに接触することによって、欲望の十分な発散をはかりたいと男性は考える。

富美子

富美子の音楽に対する関心は研一を驚かせるのに十分だった。

やわらかい人あたりはクラブ・カリオカのなかでもファンが多く、その分いろいろ勉強していたようだ。横浜の名所といわれるところにもよく足を運んでいたし、新聞や週刊誌からの知識も豊富だった。

研一は一、二カ月に一度、知人を連れてカリオカに行くことがあったが、美奈をよく助けていた。陽子、知美、寿美たちとも仲が良く、その意味では横浜の多くのクラブのなかでも三指に入るような売れっ子だった。

研一と対で話をするようなことは一度もなかったが、音楽にくわしい美奈から「富美ちゃんは本格的な音楽愛好家で、私などとは比較にならないわ」と聞いたことがある。そういう美奈もピアノ音楽に関心があり、ピアノを弾いていたことがあるはずだと研一は思っていた。

美奈は、ホステス一人ひとりについて私生活を含めていろいろ情報は得ていたのであろうが、研一に話すことはほとんどなかった。ただ先方から相談されることがあって、研一の明るい部分に関係があると判断した時には、個人的に研一と話しあいをするように助言していたようだ。

研一は、それはカウンセラーの仕事だと思っていたが、自分にはクラブの仕事に貢献できることがなにもないのだから、そのくらいはしなければとは思っていた。相談の内容が美術や音楽のこととなればむしろ望むところだったのである。

戦後も数年経過したこのころは、横浜の街もまた東京、大阪などの大都会と同じように紅灯に引き寄せられる男の数は年ごとに増えていった。経済の復興とその歩調を合わせた風俗の変化だった。

美奈はクラブではママ代理をしていたので、研一との接触は他のホステスに比較すると多かったが、水商売の女性としてはきわめて不思議な存在で、美貌であることがむしろじゃまになるほどのインテリ女性で、クラブのホステスたちからの信頼も厚かった。

研一とのつきあいもかなり長く、その面でも安心してつきあえる女性だった。

その美奈から、「富美ちゃんから、シューベルトとそのあとに出てくるフーゴー・ヴォルフの歌曲についていろいろ聞かれたけれど、返事ができない内容なので助けてください」という電話が入ったのは十一月も末ごろで、そろそろ冬支度にかかるころであった。

「富美ちゃんが音楽好きなことは知っていたが、シューベルトはとにかくとして、ヴォルフとは……アマチュアではなかなか鑑賞しにくい作曲家だよ。彼女はどこでこの作曲家のものを聴いたんだろうか。ヴォルフは歌曲の作曲家といってもよいほど、作品が多く、それも名曲が多いんだよ」

「一度ゆっくり富美ちゃんとドイツ・リートやヴォルフという人のことを話してやってくれませんか。場所はどこにしたらよいでしょうか」

「美奈ちゃん、これはレコードを聴きながらでなければ無理だから、僕の山手の家でやろうか。それにしてもヴォルフとは驚異だね」

「富美ちゃんにはなんでも音大に行っている従姉がいるそうですよ」

「なるほど、そうでなければヴォルフの名前は出てこないだろうね」

「ご都合のよい時を知らせてください」

「わかったよ、それにしても美奈ちゃんもいろいろでご苦労さま」

「いえ、とんでもない。皆が相談してくれるのは嬉しいことですから」

「ただ、レコードといっても僕の持っているレコードは日本製ではなく、ドイツ・グラモフォンの輸入盤なので、ドイツ語を訳さなければならないから、少し時間がほしいね」

「そうですね。シューベルトの歌曲でも詩と作曲の組み合わせが非常に難しいし、大切だということを音楽家に聞いたことがあります」

「その通りだね」

研一はヴォルフの生涯を改めてふりかえってみた。

街にジングルベルが流れ、一年のなかでももっともにぎやかな季節になった。戦後も七年を経過し風俗の業界も年ごとに殷賑をきわめ、男女ともにそわそわしなにかに追われるように忙しく横浜の中心街を行き来していた。尾上町の交差点から一筋海岸通り寄りの角にクラブ・カリオカはあったが、三階の窓から伊勢佐木町や野毛方面に流れる人波を眺めていると、終戦の年の九月二日に研一が桜木町におり立ったときの風景は、夢のなかに出てきた風景だったのではなかったかと錯覚するほどだった。

美奈から電話が入ったのはそんな時機であった。そして富美子をはじめ、陽子、峰子、寿美と五人が研一の音楽雑談に同席したいといってきた。クラブの開店が七時なので一時には訪ねたいという。それと簡単な食事は自分たちで用意すると伝えてきた。

こんなことは珍しい機会なので、ヴォルフだけでなく研一の音楽観を話すにはよい機会だと思い、いそいで書斎を片付けた。ピースの絨緞を四枚用意してフロアに直に座ってもらうことにし、時代物のポータブルの蓄音機をリビングから運んだ。

レコードは、シューベルトから二曲（白鳥の歌、冬の旅）、ヴォルフの歌曲、ベートーヴェン（月光、熱情）、ショパン（マズルカ他）、リスト（超絶技巧練習曲）、シューマン（クライスレリアーナ）のピアノ曲まで十数枚用意しておいた。

クラブのホステスのなかでは峰子と美奈が、研一がピアノを弾いていたことがあるのを知っていた。

一時きっかりににぎやかな笑声が地蔵坂の中腹にある研一の家の玄関で聞こえた。元町のスーパー、ユニオンの袋を二つかかえて美奈と峰子が顔を見せ、続いて富美子、陽子、寿美が入ってきた。

女性五人がキッチンに入ると、お互いに身体がぶつかる狭さだが、たちまち日本茶、紅茶、コーヒーとアルコール類が卓袱《ちゃぶ》台《だい》に並べられ、フランスパン、サンドウィッチ、バター、チーズなどがところ狭しと出てきた。なかなか壮観な眺めだった。

研一は小腹が減っていたので早速サンドウィッチをつまんだが、ハムが美味しく、サーディンをはさんだものもなかなかなものだった。誰が作ったものかあえて聞かなかったが、峰子や美奈は料理するのは好きだったようだ。

皆で飲んだり食べたりしたあと、二時過ぎから雑談を始めた。美奈と峰子の要望でベートーヴェンのソナタ月光からスタートした。皆も一度ならず聴いたことがある曲である。

美奈は「ピアニストはどなたですか」という。

「シュナーベルだよ、ほかにケンプが弾いたものもあるが」

「いえ、これで十分です。重厚な音ですね」

「そう、シュナーベルは同年代のピアニストのなかではおそらく最高峰といってもよいだろうね」

「ソナタ熱情はケンプのものを聴かせていただけますか」

「ああいいよ、ケンプも僕は好きだよ」

「そうですね、すごいテクニックですものね」

「美奈ちゃんくわしいね」

「いいえ、ただ二、三度、ケンプのレコードを聴いたことがあるものですから」

この二曲だけで四十分以上ピアノのレコードを聴くことになったので、他の作曲家のものはカットしてヴォルフの歌曲を聞くことにした。

富美子は、「藤井先生、もしマーラーの歌曲のレコードをお持ちなら、それも二、三曲聴かせてくれませんか」という。

「そう、マーラーとは……、なにが聴きたいの」

「『亡き子を忍ぶ歌』でも『大地の歌』でも」

「僕は『亡き子を忍ぶ歌』のほうが好きだが」

「ああ、それがいいです。私もあの歌を聴くと涙が出そうになるんです。幼い子を失ったマーラーの気持ちがたまらなく可哀想なんです」

「富美ちゃん、すごいね。誰の日本語訳を見たの」

「ちょっと名前は思い出せませんが……、二、三小節は覚えているかもしれません」

「そうだね。幼い子は亡くなったが、また蘇ってくると思うと、今の状態はただ眠っているだけだと思いたい親心が哀れだね。そのうちいろいろ聴きたいね。今日はとにかくヴォルフの歌曲を聴くことにしよう」

「ええ」

「富美ちゃんのいちばん先に聴きたい曲は」

「ゲーテの詩につけた曲のなかで、『ミニョンのI、II、III』でなくただの『ミニョン』という曲ですが……」

「ああ、オレンジの実る暖かい南の国への憧れを歌ったものだね」

「ええ、そうです。寒い北国への暗い気持ちと対比させてミニョンの激しい気持ちが感じられるのがなんともいえないんです」

「そうだね、早速それから聴くことにしよう。あとでゲーテの詩の全文を読んでみよう。まず先に聴くことだね」

それから五人は神妙に七分あまりもレコードを聴いていたが、それが終わると美奈が真っ先に、

「なんてすばらしい曲なんでしょう。ゲーテの詩はわかりませんが、ピアノの音がこの曲を生かしているように思われますわ」

「そうだね。激しいピアノの伴奏にその気持ちがよく出ているよ」
「藤井先生、この歌の内容を話してくださいませんか」と、皆から異口同音にいわれた。
「まず先にこのミニョンの詩の内容から話を始めよう」

ミニョン（一八八八年十二月十七日作曲）

このミニョンの詩には多くの付曲があって、生まれ故郷のイタリアへのミニョンの激しい憧憬が歌われている。曲趣は「ミニョンII」と同じようなものだが、こちらのほうが「II」にくらべると一段と深くなっているね。

オレンジの実る暖かな南の国への憧れは、寒い曇天の多い北国への暗い気持ちと対比され、その風土の違いは心理的にはまったく縁のないものとなって感じられている。

激しいピアノの伴奏はその断絶の焦燥を感じさせる。南国へのミニョンの強い憧れは、逆に北国の荒涼とした風景の対極にあるものとして、その心理的な圧迫から逃れられず、彼女はほとんど狂わんばかりの焦燥に襲われるようになる。

憧れの心理をこれほど鋭くえぐり出しているリートはきわめて少ないよ。

ごぞんじですか、レモンの花咲く国

濃い葉陰にはオレンジが実り
青い空にはさわやかな風が流れ
ミルテの樹は静かに、月桂樹は高くたたずまう国
ごぞんじでしょう？
その国へ！　その国へ！
あなたとふたりして行きたいのです
ああ恋人よ！

ごぞんじですか、柱廊をめぐらす館は
明るい大広間と、落ちついた小部屋をもち
大理石の立像はいつもやさしく
いたわるようにわたしを見下ろしてくれる
ごぞんじでしょう？
その国へ！　その国へ！
あなたとふたりして行きたいのです
ああ、保護者よ！

ごそんじですか、山あいにかかる雲の浮き橋
ロバがあえぎつつ登り行く霧かかる山道
龍の住まう太古の洞穴
切り立つ岸壁からほとばしり落ちる滝
ごぞんじでしょう?
その国へ! その国へ!
さあ行きましょう
ああ、父のような方、あなたとともに

「美しい詩ですね」と富美子はいう。そして、この詩を見ながらもう一度聴きたいという。

「ミニヨンのいう父のようなあなたという言葉は、ウィルヘルム・マイスターに向かっていわれているんだよ」

「そうですか。それにしてもなんと素晴らしい曲なんでしょう。私もこのレコード探してみます」

「銀座のヤマハに聞いてみるといい。このレコードのラベルを写していくといいよ」

「ありがとうございます」

美しい横顔を見せてお礼をいう富美子を見ていると、こんな若い子の芸術についての関心の深さに心を打たれた。

それからフーゴー・ヴォルフの歌曲について話した。

――フーゴー・ヴォルフは現在のユーゴで一八六〇年に生まれたんだよ。同年代のグスタフ・マーラーはチェコ生まれで、ともにウィーン音楽院で学び、一時は同じ下宿で寝起きをともにした仲であったが、二人の人生の後半はきわめて対照的なものだった。マーラーが当時としては音楽家として頂点といってもよいウィーン宮廷歌劇場の監督になったのに対し、ヴォルフは四十三歳の若さで重篤な脳の疾患に悩まされ、最後は精神病院でその生涯を終えている。

これはドイツの偉大な作曲家シューマンの最期と同様、誠に痛ましい終焉といってよいね。二人とも世に出た時にはオペラでの成功を目標にしていたが、ヴォルフはリートの作曲家になり、マーラーは交響曲の作曲家になった。しかし歌曲の重要性を認識していた点では同じだった。また二人とも強烈なワグナーの信奉者であり、同時にブルックナーの弟子でもあったんだ。

ヴォルフはマーラーが追求した巨大さとはまったく逆の微小な世界に没入していたが、彼の「メーリケ歌曲集」「ゲーテ歌曲集」などはそれぞれ五十曲以上から構成され、決して小さな作曲集ではないんだよ。彼の時代の複雑化した世界を表現するためには、こうした膨大な量の表現が必要だったのだと思うね。そして、これまでほとんど抒情に片寄っていたリートの世界に近代的な自意識をつきつめた純粋な響きを実現しようとしたんだ。同時にヴォルフはリートの世界にユーモアやウィット、風刺などの要素をもちこんだが、これはマーラーの多面的な芸術創造と同質のものだった。

この創造は十九世紀後半の複雑化、拡大化した世界を内面に向かうものとしては無意識の底辺まで、外に向かっては意識の先端まで最大限に輪郭をひろげようとした努力の結晶にもなったのだね。

「ミニョンⅠ」は、ゲーテの「ウィルヘルム・マイスターの修業時代」に由来するもので、合計四曲が有名だね。

ミニョンはイタリアの貴族の娘だったが、子どもの時誘拐され、北国の旅芸人の一座で踊り子になった薄幸の少女なんだ。彼女は自分の過去を打ち明けることができず、その気持ちを歌にして表している。

この曲では、沈黙の状態に引きこもろうとするミニョンの気持ちを音楽化しようとしたのであり、彼女の抑えに抑えた情熱は第二小節で八度の上昇で、その胸中をわずかに見せるが、また沈黙の世界に沈んでいく。この困難な課題に適応した曲といえるよ。
これは一八八八年十二月十九日に作曲された、ヴォルフ二十八歳の時の作品だよ。

語らずともよい、黙っているがよいといってください
それを秘密にしておくのがわたしのつとめですもの
できることなら、心のうちのすべてを明かしたいのです
でもそれが許されないのがわたしの運命なのです
時がくれば明るい陽の光が暗い夜を追い払うように
その秘密もいつしか自ずと明らかになるでしょう
かたく閉ざされた岩ですからその胸を割って
底に深く秘めた泉を惜しまずに湧き出させるものですから
わたしたちはよき友の腕に安らかに抱かれてこそ
ひしがれた心の悲しみを癒すことができるのです
心の誓いがあるばかりに黙してしまうことになるのです

それを明かすことができるのは神様だけなのですわ

ミニョンII（一八八八年十二月十八日作曲）

相手に非常にとどきにくい自分の憧れの気持ちが、この曲を聴く者に痛いほど強く感じられるね。狂気とまで考えられるような悲痛な気持ちは「気が遠くなり、断腸の思いに駆られます」で頂点に達するが、再び諦めへと向かい沈静している。痛切な激情と諦めの虚脱感が共存する病的心性が見事に捉えられているよ。

ただ憧れを知る人だけが
わたしの悩みもわかってくれるのです
あらゆる喜び、楽しみから
ただひとりへだてられて
わたしははるか彼方の
蒼空を仰ぎ見るのです
ああ！　わたしを愛し、理解してくれる人は
どこか遠いところにしかいないのです

そう思うとわたしは気が遠くなり
断腸の思いに駆られます
ただ憧れを知る人だけが
わたしの悩みをわかってくれるのです

ミニョンⅢ（一八八八年十二月二十二日作曲）

ミニョンは、誕生日に当たる子どもに贈り物をする役に選ばれ、天使の装いをする。役目がすんでも彼女は近い死を予感して、天国へ行くまでこの姿でいたいと願って歌うんだ。ここには祈りの刻印をおびた薄幸な少女の諦感が浮かび出ていると同時に、つらい現世からあの世へ変容していきたいと願う、不思議な浄化感も映し出されている。最後の詩でのオクターブの下降と上昇はそれを裏づけているね。この箇所をフランク・ウォーカーは「白銀の背光につつまれてこの世に別れを告げてゆく」と描写しているんだよ。

もうしばらくこのままの姿にしておいてください
この白いローブも取り上げないでください
もうすぐわたしはこの美しい現世から

暗いあの世に入っていってしまうのですもの
あの世へ行ってしばらくじっとしていれば
死後の新しい世界も見なれてくるでしょう
そうすればこのきれいな衣装も
ベルトも冠も皆いらなくなるのです

天に昇って行くときには
男女の別はなく、だれもかも
からだはすっかり浄化されるので
衣装もローブもまといません

浮き世の苦労もなく生きてきましたが
心の病だけは深く味わわされ
そのあまり、若くて老けてしまいました
今ひとたび、永遠の若さをお与えください！

四季すべて春（ゲーテ作詞　一八八八年十二月二十一日作曲）

鈴を鳴らすようなピアノのスタッカートのリズムが一貫して流れ、鈴の花を模すと同時に、明るく暖かい春の訪れに踊り出す自然の生きいきとした表情をもなぞっているね。またそれはなによりも美しい恋人の清純さを響かせてもいるんだ。

花壇の土がもうゆるんで
盛り上がってきている
雪のように真っ白な
鈴の花がかすかにゆれている
サフランが燃えるような勢いで
芽を出しはじめ
エメラルド色の芽
血のような赤い芽を出している
桜草が小生意気な
ポーズをとっている
いたずらっぽいスミレは

わざと目立たないようにしている
ほかのすべてのものをも突き動かし
むずむずさせているのは
いうまでもなく春なのだ
春が生きいきと活動しているのだ

だが庭のなかで
ひときわ清らかに咲き出ているのは
いとしいあの人の
やさしい心なのだ
あの人の眼差しがいつも
きらきらしてわたしを見つめると
歌がメロディーとなって生まれ
言葉が詩になって出てくる
いつも花のように
明るく咲き出でる心

悲しいときはやさしく
冗談には素直に応ずる心
バラと百合を
咲かせる夏も
いとしい人には
かないはしない

問うなかれ（ニコラウス・レーナウ作詞　一八七九年七月二十一日作曲）

オーストリアの抒情詩人レーナウ（一八〇二〜一八五〇）の詩に付曲された、ヴォルフ一九歳の初期のリートだよ。シューマンの影響があり、恋する男の心理を深く追いながら、抒情的な陰影を失っていない。ピアノ伴奏に後のヴォルフがほのめいているね。

ぼくは君のものと君に言うべきか
それはわからない。また問うつもりもない
心よ、それを秘密にしておくがよい
どんなに深くぼくの心が君のものかを

ああ、静かに！　ぼくはどうすればよいのか
もし君の愛が消えうせてしまい
さらに神にすがるよすがさえも
残っていないとわかったときには

お澄まし娘（ゲーテ作詞　一八八九年十月二十一日作曲）

生きいきとした娘の屈託のない姿がくまどられているね。男をからかう女のコケットリーは抗しがたい魅力となって響き出て、田園の四方に反射する。その性格描写の的確さは心憎いほどだね。

空気の澄みわたった春の朝
羊飼いの娘が歌いながら歩いていた
若々しく、美しく、のびのびと
歌声は四方の野原にこだました
ラ、ラ！　レ、ララ！と

ティルジスが彼女にキスさせてくれれば
二頭、いや三頭の仔羊をその場でやると言った
娘はチラリといたずらっぽい眼を向けた
でも彼女は歌い、笑いながら去っていった
ラ、ラ！　レ、ララ！と

次にあらわれた男がリボンをやると言った
三人目の男は心を捧げますと言った
だが娘はリボンも心も鼻の先であしらう
まるで仔羊たちをあしらうのと同じように
ラ、ラ！　レ、ララ！と鼻先で歌うだけ

ゲーテ作詞の「羊飼い」という歌は、一八八八年十一月四日に作曲されたもので、ゲーテの初期のジングシュピール「イエリとベーテリ」に挿入された風刺詩に付曲されたものなんだ。

ヴォルフのユーモアが存分に発揮された曲で、あくびを模したピアノ伴奏、下降するだら

しのない音型で怠けものを描写し、第二節ではちぐはぐなリズムがふらふらとさまよう羊飼いの風体を写し出しているんだよ。

なまけものの羊飼いがいた
五本の指に入る朝寝坊助
羊のことなどおかまいなし
ある娘が彼の心をとらえた
阿呆の心はもぬけのから
食い気も眠気も消え失せた

昼は野山をさまよい歩き
夜中は星を見つめて過ごし
身も心もあらぬ嘆きぶり
さて娘を運良く嫁にもらうと
すべては元の木阿弥だ
飲んだり、食ったり、寝たい放題

ヴィイラの歌（エドゥアルト・メーリケ作詞　一八八九年十月九日作曲）

ヴォルフはこの曲について、月夜にヴァイラが礁に座り、自らハープを弾きながらこの曲を歌う情景を描いた、と語っているよ。

ハープを模すピアノのアルペジオは、また島に打ち寄せる月に照らされた波のたわむれを表し、ヴァイラの歌う美しいメロディーとあわせ、神秘的な島の雰囲気を美しく、チャーミングに浮かび上がらせている。ヴォルフの傑作の一つだよ。

おまえ、オルブリート、わたしの国！
その国は遠くから輝いて見える
おまえの明るく輝く海辺に
海は霧を立ちのぼらせ、神々の頬をぬらす
太古の時代から打ち寄せる波が
若やいでおまえの腰にたわむれる、わたしの島よ！
神々しいおまえの前では、並いる王たちも
ひざまずき、おまえに忠誠を誓うのだ

（ドイツリート研究家　喜多尾道冬氏訳）

秋の黄昏時、やわらかい日差しが山手の外人墓地に影を落としていた。思い思いの墓碑は多くの日本の墓地にあるものと違って、亡き人への愛着が強く偲ばれ、その多様さに感慨一入であった。写真を含め、短い言葉が浮き上がっているのを見ると、一人ひとり埋葬された人びとへのそれぞれの思いの深さが想像できる。斜めの日影が墓地の趣を立体化していた。

異国で生を終えた人びとの魂が、ここ横浜にとどまって、後に残された人びとを温かく見守っているようであった。

どのくらいの女性たちと交流があっただろうか。クラブ・カリオカの諸嬢たちとの交流はしだいに疎遠になってゆくが、研一の心に深く影を落としている。それは、戦後のけわしい世相のなかで、各人が懸命に自分の未来を自分の力で切り開いていくけなげな姿を現実に見せられたからであろう。

また、二、三人にかぎらず、音楽、彫刻（美術）、詩文などに見せた教養の広さと深さには脱帽の思いが強かった。いずれも、毎日の厳しい生活のなかで、知的なものへのアプローチをおこたらず、自分たちの感性をみがく姿勢には頭が下がり、これらの女性たちに遅れないようにと自戒していた。

この時代身近にいた人びととは、その後四十七、八年連絡を取りあうこともないが、それぞれに価値ある人生を過ごされたと信じている。

昭和二十五年ごろから三十年ごろまでの横浜の万華鏡は、研一の心に投影されたその時の横浜の女性たちの精神構造、風俗の移ろいと特徴を水商売という視点から見きわめようとしたルポルタージュでもある。また同年代の男性としての女性讃歌でもある。人生の深淵にどこまで迫れたか、研一自身には判定不能であった。

それぞれの女性がその後どのような軌跡をたどったか、今となっては知る由もない。

「黙」　鍛金　西山志郎

第三章　横浜今昔

北林透馬氏

昭和二十八年四月初旬、M新聞横浜支局にいる中学の永井先輩から研一の地蔵坂の家に電話が入った。

「藤井君、その後ご無沙汰しているが、君が頑張っていることはロシア文学者の木下君から時々聞いていたよ」

「ああ、そうですか。彼はロシア文学についてよい本を出していますよね」

「そうだね。本社の学芸部でも彼の出した本は評判がよくて、僕も鼻が高いよ」

「それはよかったですね。先輩も横浜支局の勤務が長くなりましたね」

「ああ、一年前から支局の次長になったが、もう一、二年で転勤になるようだよ」

「そうですか。それは栄転ということでしょうね。おめでたいです」

「いや、どうなるかそれはわからないが、先ごろ君から横浜在住の北林透馬氏と平野威馬雄氏のことを聞かれたが、お二人とも僕と交流があるので、彼らと君の都合のよい時をみはからって引き会わせるよ」

「それは大変ありがたいです。よろしくお願いします」

「幸い両名ともうちの支局の依頼で横浜の昔話を寄稿してもらっているが、二、三年のうちにほかの寄稿者のものと一緒に本を出すことになる予定だよ」

「それは大変素晴らしいことですね。私も横浜での生活は三年たちましたが、横浜の風物に自分でも驚くほど興味があって、自分にとって第二の故郷になるのではないかと思っています」

「ひどく入れこんだものだね。そう思わせるものが横浜にはたしかにあるようだ。僕の知人にも戦後東京から横浜へ移ってきた人で、君と同じような感想をもった人がいるよ」

「そうですか。同好の士がいるということは嬉しいですね。その方によろしくお伝えください」


一週間後永井さんから連絡がきた。

「藤井君、北林透馬さんから明後日の夕方六時に聘珍樓《へいちんろう》に出向くという連絡をもらったが、君の都合はどうかな」

「先輩、私も当日約束の時間に出向けますが、先輩にも同席していただけませんか」

「ああ、明後日の六時なら予定がないから同席しよう」

「それはありがたいです。では明後日、聘珍樓でお目にかかります」

こうして北林透馬氏と広東料理の老舗として定評のある聘珍樓の個室で会うことができた。

「北林さん、こちらが私の中学の後輩で山手に住んでいる藤井さんです」

「はじめまして、藤井です。今日はご足労いただきありがとうございました」

「いや、こちらこそよろしく。永井さんにはなにかとお世話になっていますよ。私に聞きたいことがあるということですが、どんな内容でしょうか。食事でもしながらゆっくりうかがいましょう」

北林透馬さんは五十歳そこそこに見えた。あとからわかったことだが、神奈川県立横浜第一中学校（神中）から上智大学の文学部を卒業した作家で、中区の石川町に住んでいるということであった。著書のなかでは『日本遊俠伝』を読んだことがあった。

研一は、なんの雑誌だったか記憶がたしかではないが北林さんの書いたもののなかに、横浜生まれの人にはたしかに一つのタイプがある、それを自分は〈ハマッコ気質〉といっている、という記事を見たことがあるので、そのことの意味するものを知りたかったのである。

ビールで乾杯し、北京ダック、広東白菜の炒めたもの、聘珍樓特製のチャーシューなどが次々に出てきた。ここの料理は北京料理の専門店華正楼とは違って広東料理であったが、なかなかよい味で、老酒とよくマッチしていた。

食事をしながら、三、四の質問を北林さんにすることになった。

「北林さん、あなたが以前どこかの雑誌に〈ハマッコ気質〉ということを書いていらっしゃるのを拝見したことがありますが、〈ハマッコ気質〉というのはどういう気質なんでしょうか」

「ああ、それは一口でいえばフロンティア・スピリット、あるいは開拓者精神といってもいいんですよ。なにしろ横浜という街は百年前にはなかったのですから。それがヨーロッパの近世の文物を取り入れて、ある日突然出現した街といってもよいところなのですよ。だから、当時もっとも進歩的で野心に富んだ青年たちが、若い日本のホープとしてここへ集まったといってもいいすぎではないんです。それで開拓者精神というわけです。

　私の祖先は和歌山出身の百姓の小倅だったが、東京に出て薬種商のところに奉公して商売を覚え、大名のお妾さんの屋敷に奉公していた娘と結婚して明治三年に馬車道に小さな紀の国屋という漢方の薬屋を出したんですよ。そこで扱ったのは中将湯のようなもので、おそらく藤井さんのお母さんも昭和初期には飲んでいたのではないでしょうかね」

「はあ、母は昭和九年に心臓病で急死しましたが、亡くなる二、三年前ごろにはよく中将湯を煎じて飲んでいました。血の道によいとかいって」

「そう、更年期障害の特徴といってよい目まい、のぼせなどに効果があったんですよ。あ、これは失礼、藤井さんはドクターでしたっけね」

「いえ、そんなことはありません。更年期障害は婦人科や内科の領域ですし、私はそれほどくわしくはありません」

「藤井君、それでも君は素人よりはくわしいはずだよ」

「先輩もきついですね。それはたしかにそうですが」

「いや、私の祖父が売っていたものは中将湯そのものではなく、同じような成分の漢方薬だったようで、マークには外国の蒸気船の絵をつけていましたよ」

「そうですか。やはり横浜なんですね。マークも東京の杉並区西荻窪あたりの中将湯のマークよりしゃれていますね」

「そうかもしれませんね。この祖父は横浜へ出てきて、洋服を着たくてしかたがなかった。やっと外国人から服を手に入れて喜んで着てみたが、外に出ると恥ずかしくて顔が上げられない。ステッキで地面ばかりたたいていたそうです。

自転車などもいち早く手に入れて乗り回しては他人にぶつかったり、よその人の店に飛びこんだりして、祖母が方々へあやまりに行くので疲れてしまったと、後年祖母から聞かされたことがあるんですよ」

「当時としては大変進歩的なモダン・ボーイという趣ですね」

「そうですね。それに空気銃を外国人から譲り受けて、近所の子どもに怪我をさせたといった勇ましい昔語もあって、これらのことを考えると、当時の横浜へ集まってきた若い明治初期の日本人の新鮮な気風を表しているように思われますな」

「それは面白い話です。小説のテーマになるような話で、興味がありますね」

「北林さん、藤井ドクターは中学在学中に千葉への旅行記を校友会雑誌に載せたことがあるんですよ。北林さんに会いたいといわれて、どうしてなのかなと思ったけれど、今のような北林さんの話に惹かれるものがあるんですね」

「そうですか。藤井さん、もっと面白い話をしましょうか」

「なんですか、是非うかがいたいですね」

そういって北林さんの話し出した内容は、ほんとうに研一にとっては興味をひかれるものだった。

「藤井さん、自分の祖父のほかにも現在映画俳優の斎藤達雄君の祖父も自転車に乗った日本人の一人だということで、いろいろな奇談が実に多く、これらの人びとが当時横浜へ集まった若い明治日本人の新鮮な気風を作り出したのですよ。私どもはそうした人びとの子孫なのです。それまでの大名とか武士だのという古い封建主義日本からまったく開放された庶民の自由な街で、新しいヨーロッパ文明を取り入れるのに大変な意欲をもっていたわけですよ」

「そうだったのですか」

「もっとも祖父には子どもがいなかったので、私の両親は夫婦養子で直接の血縁関係ではなかったのですが、家風なり、精神だけは受け継いでいたと思いますよ。それを私はハマッ子の誇りといっているのですが……」

「それはそうですね。血のつながりの問題ではなく、そうした祖父、両親に北林さんは育てられ、横浜の空気に子どもの時から育まれていたんですね」

「私は馬車道で生まれ、南仲通り付近には友だちがたくさんいますよ」

「そうですか。私は昭和二十七年に尾上町の角の大和銀行横浜支店から一筋内側に入った田中金庫ビルの二階と三階にクラブをもたされたことがあるんですよ」

「ああ、田中藤太郎さんの建てたビルですね。知っていますよ。藤井さんがそれを使っていたとは驚きましたね。奇縁ですね。これは永井さん、今日の会合だけでは話がつきませんよ。今度は私が会場を用意しますから、藤井さんと三人でもう一度会いたいですね。近日ご連絡申し上げます」


こうしてこの時の会合はお開きにしたが、二週間後くらいに再び永井さんから研一に連絡が入った。今度は山下公園の前のホテル・ニューグランドで会えないかということだったので、二つ返事で出向くことにした。

　北林さんの話は当時の遊び仲間の話だった。それらの人びとの家は商家が多く、本町、馬車道といわず弁天通りでも店はいわゆる土蔵造りで屋根には大きな鬼瓦がのり、壁は黒く塗られて光沢があって、そうした店の後ろに住宅があった。店との間には中庭があって池のある家も多かった。

「そうそう、こんなことも当時あったんですよ。僕らが神中四年生だったから大正八年だったと思いますが……そのころは藤井さんはまだ生まれてないでしょうね」

「ええ、まだです」

「その時代にシュニッツラーのアナトールの室内劇をやったことがあるんですよ。室内劇というのは一種の新劇のようなものです。友人がアナトールをやり、私はマックスという役をやったのですが、その時の演出と演技指導はソ連にいる岡田嘉子さん。彼女は当時よく横浜に来ていて、われわれと交流があったんですよ。

　また同じころに尾上町にアカシアという楽器店があって、そこは未亡人の千代さんが経営していた店ですが、その二階でエリアナ・パブロワとクルッピンという男性がダンスを教えていたので、横浜中のモダンな人びとが大勢集まっていましたよ。たしか谷崎潤一郎先生も赤いネクタイをして、あまりうまくないステップを踏んでいましたね。遠い昔の話ですが……」

「そういえば私も、フェリス出身のモダンな初老の知人からその西川千代さんという方の名前をうかがったことがありますよ。なんでも大変な美人だったということですね」

「そうなんですよ。当時のフェリスで全校一の美人だったという噂でしたから」

「楽器店というのは商売のなかでも先端を行くしゃれた仕事だったのでしょうね」

「そうです。大変モダンな職業と思われていましたよ」

「そうですか」

「そうそう、室内劇のほかに僕たちは文芸雑誌も出していた。僕と大浜という友人ともう一人の三人で、三十頁ほどのものを作ったのだが……もっとも一号だけで終わってしまいましたがね」

「北林さんはそんな中学生の時代に演劇を手がけたり文芸雑誌を出したということは、栴檀は双葉より芳しということですね」

「いやいや、そんな大それたことではないのですよ。神中出身者には文学者が少なく、わずかに新進戯曲家の田島さん、野尻抱影さんくらいでしたよ。

ただハマ出身の作家ということになれば、多士済々といってもよいくらいで、大佛次郎、吉川英治、長谷川伸氏といった大家がいますし、里見弴氏もハマ生まれだし。これらの人びとの仕事を見ていると、やはり都市の性格からいってもディレッタンティズムの影が濃厚のようですね」

「私も今名前をあげられた方々の書いたものはいずれも何冊か拝見していますが、東京出身の作家に比較して、一味も二味も違ったものを感じますね。今日はほんとうによい話をうかがいました。永井さん、大変参考になることが多くて嬉しいです」

「そうか、それはよかった。私も直接北林さんから話を聞くことができて勉強になった。また機会を見て会合がもてるとよいね。北林さん、貴重な時間をさいていただいてありがとうございました」

「いえいえ、こちらも久しぶりに古いことを思い出して楽しかったですよ」

こうして三時間近い時間がまたたく間に過ぎていった。

平野威馬雄氏

平野威馬雄氏は北林氏より四歳くらい年上の方で、やはり上智大学を出られた方だが、北林氏は独文科卒業、平野氏は仏文科卒業である。この時代に独、仏の文科を出た方には生涯の仕事として作家になった方が多かった。

平野氏の著作には『ファーブル伝』『ファーブルの生涯』、翻訳には『昆虫記』などがある。研一がお目にかかった当時は、お住まいは千葉県の松戸だった。先輩の永井さんとはかなり長いつきあいのようだった。

平野さんはフランス人の父親と日本人の母親との間に生まれたのだが、明治三十三年生まれということだから研一の父親より十年後に横浜で生まれ育ったことになる。その時代はもちろん戦後の昭和二十六、七年ごろの横浜とは比較にならない社会情勢だったとは思うが、それでも外国人と日本人との間の子どもとしてのご苦労があったことは推測できた。

お目にかかると大変なキャリアで、話も面白く内容豊かで、しかも研一が会員だった日仏会館とも因縁浅くないことがわかり、二度驚く始末だった。

この時を契機に、永井さんと三人の会合は三度に及んだが、その後は研一のほうから松戸のお住まいに出かけたり、横浜に見えた時は山手の家にも寄ってもらったが、ほとんどは和、洋、中華の食事処で会合を重ねた。

作家として大変な量の作品を世の中に出されたが、ご本人は書かなければ生活できなかったんだよといわれた。研一はその創作意欲には脱帽せざるを得なかった。

その時話題になったことはメモにしてあり、幸いにも散逸していなかった。

最初の会合で研一は平野さんから、

「藤井さん、貴方は横浜へ来て三年たったといわれたが、横浜にはどのくらい橋という名前のついた地名があるかご存知ですか」

といきなり質問された。とっさのことでちょっとまごついたが、横浜市内の市電の系統図を作ったことがあるくらいなので、

「そうですね。洪福寺前から浜松町を通り杉田に至る市電の停留所には、阪東橋から吉野町三丁目を抜け、睦橋—中村橋—天神橋—根岸橋—八幡橋—葦名橋—境橋—聖天橋がありますし、浅間下から本牧三渓園前を通り、間門に至る停留所には平沼橋—花咲橋—雪見橋—花園橋—吉浜橋などがありましたね」

「ああ、藤井さん、貴方は横浜育ちの人たちよりも町のなかをよく知っていますね。驚きましたよ」

「ええ、私は育ったのは東京ですが、横浜の山手に家を建てましたし、結婚して本籍を山手に移しましたから、文字通り第二の故郷ということになります」

「貴方のように若い方が横浜に愛着と関心があるということは大変嬉しいですね。永井さん、藤井さんは頼もしいですね。もっといろいろ横浜の歴史を知ってもらいたいですね」

「藤井君、平野さんがそうおっしゃってくださってよかったね。せいぜいいろいろな風俗や

人物について教えていただくといいよ。平野さん、今後とも藤井君をよろしく」

「ええ、時間が許すかぎり、またお目にかかるようにしましょう」

「それは大変ありがたいです。どうかくれぐれもよろしくご指導ください」

こうして研一は永井さんを交えない交流を平野さんと結ぶことができ、知らなかった横浜の歴史を大変勉強させてもらうことができた。


「秋の台風が続けざまに野山を吹き抜けるころになると、菊の香りが強く、菊の季節というとハマッ子たちは野沢屋の庭を思い出すんだが、幼いころの僕にとっては野沢屋というのはハマ一番の実業家ということより、無料で市民に菊を見せてくれる人として記憶に残っていますよ。その当時のことを書いた風土記のなかにも次のような記載で残されていますよ。

『実に茂木邸は紳士の別邸にして、菊花の候に公開され、天然の景勝は古人のいわゆる〝三公もかへす此江山〟と叫ばしむべきものなり……』

明治三十七年から大正の大地震までハマの市民の唯一の享楽地として珍重されたのですよ」

「そうですか。茂木さんというハマの傑物の話は私も聞いたことがありますが……」

平野さんと三度目に会った時、「ラシャメン」についていろいろな話を聞くことができた。

研一は横浜に住む前から「ラシャメン」という言葉を知っていた。誰から聞いたのか定かではないが、たしか中学の二、三年のころ初めて耳にしたのだと思う。

平野さんは、

「僕は子どものころ、メリケン波止場の入口に金ピカの税関吏が陣どって『船行き』商人の荷物を調べているのを、好奇心から一生懸命のぞいていたんだ。

この『船行き』商人が『ラシャメン』の斡旋という副業をしていた明治三十年ごろから四十年ごろまでが、今でいうオンリーの全盛時代だった。船乗りの細君たちが夫の不在の閨の無聊をかこって、ちょっとした外国人の所有物になっていたというおかしな現象も横浜のような港町だから見られたものだった。

ラシャメンという妙な言葉がいつごろから使われたか正確なことはわからないが、文久二(一八六二)年に出た『横浜ばなし』に『豚のなき声、ラシャメンの遠ぼえ』とあり、これはまぎれもなく緬羊《めんよう》のことです。

文久三年に出た本に『ラシャメン』という文字の横に愛妾というふり仮名がついているが、これを見ると羊とは無関係で、オンリーの意味で使われたものと思いますよ。

僕の父はフランス人で母は日本人だから、子どものころ近所の人はよく『平野さんのところはラシャメンだ』とひそひそ話しているのを聞いて、死ぬほどつらい思いをしたことを覚えていますよ。

そんななかでも明治四十三、四年ごろ、僕が十歳のころだったと記憶していますが、毎月一回フランスやアメリカにいた父から西戸部の郵便局に送金してくるのですが、そのころの金にして月々二百円あったので、母親が窓口の人からいくらかでも貯金に回してほしいといわれて困っていましたね」

「その時代の二百円というのは大変なものですね」

「まったくそうなんですが、母親は浪費家で、とうとう死ぬまで貯金は少しもなかったんですよ」

「そうですか。ひどい浪費家だったんですね」

「まったくですよ」

この後も数度の交際があったが、いつしか疎遠になったのは残念なことだった。

YCAC(横浜カントリー・アンド・アスレチッククラブ)

いつごろだったか、外国人専用の住宅紹介会社ヘルム・ブラザーズの酒井さんから、研一の所有している山手の家を借りたいといって連絡があり、会社へ出向いたことがあった。そこでＹＣＡＣのそもそものスタート時の話を聞くことができた。

現在は根岸矢口台にあるが、戦後は米国に接収されて、サッカー、ラグビー、ホッケー、バスケット、テニスなどのスポーツクラブとして立派なクラブハウスも整備された。昭和二十五年に日本に返還され、以後会員は五百人を超え、ヘルム・ブラザーズに勤務しているバーナードという人がＹＣＡＣの委員としてクラブ機関紙の編集にあたっていたそうである。

このクラブは、明治初期に英国の豪商が今の花園橋のあたりに県から土地を借り、英国の国技のクリケットを仲間たちと始めたのがもっとも最初の動きだったそうである。そのうちにクリケットだけではなくサッカーやラグビーをやり、日本人にもサッカーの手ほどきをするようになった。

しかし明治も末期になると、ＹＣＡＣが使っていた横浜公園内の敷地が横浜市で必要となり、大正元（一九一二）年に現在の矢口台に移転し、クラブハウスも石造でできたようである。これらのことを考えると、ＹＣＡＣは日本のスポーツ発展にいささか貢献してきたといえよう。

地蔵王廟

中区大芝台に地蔵王廟はある。元の根岸競馬場の山元町よりで、市電の山元町終点から根岸に向かって右の丘の中腹に六角堂が見える。極彩色の建物、それが地蔵王廟であり、山手の外人墓地に対して町の人は「南京墓」の名前で親しんでいる。

大野林火はこの墓地についていくつかの句を昭和十年代に詠んでいる。林火は研一の父の俳句の師匠であった茅舎の弟弟子であるが、虚子についての著書もある著名な俳人である。

冬死なぬちさき虫いて棺を這う
北風吹けり外套のかげ墓にながく
枯林墓地の径のそこに書く

これらは林火の『海門』に収録されているが、このなかで中国人の葬送句集について記述が見られる。それによると、その当時横浜に住む中国人の最後の願いは「骨を故山に埋める」ということであった。ふるさとの土地で死にたいということであり、そのため彼らは死に金をためていた。それこそ寒風に吹かれてチャルメラを吹き、夜ふけの街頭にソバを売って歩いた人たちでも、葬儀のために当時の金で数百円も用意していたという。これは誠に大変なことである。

まず「泣き女」ならぬ「泣き男」を雇い、この男を先頭に柩は哀しい音曲に守られて地蔵坂をのぼり、この地蔵王廟に到着する。柩は一寸ほどのカシの板で作られていて、鹿などの動物が一面に彫られていたが、当時でもこの柩は百円前後はしたのである。しかも遺体の腐敗を防ぐため石灰を十分に使うのである。こうして地蔵王廟に安置された柩は何年目かに仕立てられた柩船によって故国に運ばれるのが習いであった。

研一はこの地蔵王廟にまつわる話を聞いた時、ああやはりお墓は故人のためにあるのではなく、その人の子孫が記憶にとどめ、故人を偲ぶためのもの……要するに後世の縁のある人びとにとって大切な存在なのだと思った。

昭和三十八年ごろ、研一は十年ぶりに地蔵王廟を訪ねたが、このころになると柩船の習慣はなくなったのであろうか、柩は十年前に見た時と同じように積まれていて、その数は百を超えていた。三段、四段に積まれて並び、その片側を秋の雨が吹きつけていたが、この柩のなかのどの遺体も故国を夢みて眠っているのだ。この人たちはいつになったら故国に帰れるのだろうかと思い、暗然となった。

永井荷風

明治、大正、昭和の三代にわたって活躍した永井荷風は、横浜とは浅くない関係がある。

荷風は明治十二（一八七九）年、東京に生まれた。

明治三十年、十八歳の二月に初めて吉原に遊びに行っている。中学を卒業した三月、父親が文部省会計局長の職を辞して、日本郵船に入り、上海支店長になった。

九月、荷風は父母や弟たちと上海に旅行した。

この後、明治三十三年、荷風が二十一歳の時、父が横浜支店長に転任したので、父母と横浜に住むことになった。荷風は遊里の巷に入り、いろいろな女性との交渉を重ね、それをテーマにいくつもの作品を著している。

四月には「闇の夜」を「文芸倶楽部」の懸賞当選作として発表し、五月に「四畳半」を「わか草」に寄稿、六月には「おぼろ夜」を「よしあし草」にという具合で、この年だけで八月、九月、十二月と、短編とはいえ六作品も発表しているが、それぞれ横浜での生活体験に触発されてできた作品である。

これらには、大正五（一九一六）年、荷風三十七歳の折に書いた傑作『腕くらべ』のなかの駒代との情事の描写の萌芽が認められる。

明治三十五年にはゾラの影響を受けた『地獄の花』で認められ、自然主義文学の先頭をいく作品を発表。そして明治三十六年には横浜から信濃丸で、欧米へ留学の旅に出た。この時の体験が『あめりか物語』『ふらんす物語』を世に出すきっかけになった。


荷風は、明治三十六年、二十四歳の九月、『女優ナヽ』を新声社から刊行したが、父の勧めにより九月二十二日信濃丸で横浜を出帆し、アメリカに向かった。タコマに到着し、そこのハイスクールに通学する。同月「すみだ川」を「文芸界」に載せ、十一月『恋と刃』を新声社から刊行。タコマでは図書館で読書し、それにあきると近郊の森林に入り湖畔を逍遥することを常とした。

これ以後アメリカのなかでセントルイス、シカゴ、ニューヨークなど歴遊し、二十六歳になったが、アメリカの生活が荷風の詩情を刺激する点に欠けているのを嘆き、フランスで文学を研究しようと決心した。

明治三十八年、フランスに行こうとしたが、父に反対され、絶望的な心情になる。たまたまポトマック公園でイデスという名の女性と知り合いになり、それ以後急速に交情が深まり、耽溺生活に入った。

それまで勤めていたワシントン日本公使館での住みこみ用務員の職場を十月末解雇され、この年の十二月に父の配慮で、正金銀行ニューヨーク支店に勤めはじめる。

しかし明治四十年、二十八歳になったとき、ディウル婦人というフランス人の一室に移り、フランス語を勉強しはじめ、六月にはロザリンという中流家庭の娘と知り合う。

この年の七月十八日にブルタンユ号でフランスに向かい、二十八日にパリ到着、三十日リヨンに行き、同市の正金銀行支店職員となった。十月に「春と秋」を「太陽」に発表、十一月『あめりか物語』の草稿を岩谷小波に送った。

しかし仕事は長続きせず、翌年三月には銀行をやめパリに行く。その後ロンドンに渡り、七月には讃岐丸で帰国の途についた。

明治四十三年、三十一歳の時、一月に「見果てぬ夢」を中央公論に発表。二月には森鷗外、上田敏両者の推薦を受けて慶応大学文学部の教授となり、五月には「三田文学」を創刊している。

永井荷風は愛すべき日本の女性を発見しつづけた。一人や二人でなく、死に至るまでそれを続けるために努力した。荷風がどれほど熱心にたゆみなく発見しつづけるために努力したかは、現在のもっとも研究心に富む新薬の研究者たちが次から次へと新しい化学物質を探し出し、それらを合成して新しい薬の構造を解明しつつある、あの驚くべき作業に比較したくなるほどである。

結婚によって安定できなかった女性、家庭から守られていない女性、主婦としての地位を確立できなかった女性、一人の男の愛情だけにつきあっていられなかった女性、世の中のいわゆる「倫理」を無視しているような女性、安全な社会的立場を作り上げることに失敗した女性、立ち止まっていられないで流れていくことを好んだ女性、男をないがしろにする女性。要するに変化をまともに受けてしまった女性群が連続して描かれている。

野口英世と横浜——遊郭「神風楼」

野口英世が長浜検疫所（現在の金沢区内）にある検疫医官補として細菌検査所に来たのは明治三十二（一八九九）年四月、二十二歳の時であった。長浜での勤務はわずか半年であったが、その後たびたび横浜へ足を向けたという記録が残っている。

当時長浜は横浜市域外にあったが、英世にとっての横浜はなんであったのだろうか。

当時は「安政五カ国条約」の改正が進行中であり、いってみれば近代日本の歴史が激しく動くなかにあり、そうした横浜の異国情緒に溢れていた街に出入りしていたことになる。英世は長浜で半年過ごしたあと、北里柴三郎の推薦で神戸から中国大陸に渡り、遼東半島の先にあった国際衛生局中央医院で医官として赤痢やペストの研究に従事した。

英世が横浜在住当時、全盛を誇っていた神風楼という遊郭に足を運んでいたことは、友人に宛てた手紙によって想像し得る。

当時英世の給料は医官補として半任官扱いで、小学校の教頭でも月に二十円だったことを考えると、二十四歳だったがかなりの高給であり、そのうえ友人にまで借金していたのだから、遊郭通いは相当なものだったということは想像にかたくない。

英世がこうした場所に出入りしていたのは、中区真金町に住んでいたころだと推測し得る。またこれらの遊女たちが大半は貧しい農家の娘たちであり、同じような境遇で育った英世がそれらの人びとに親近感をもったとしても不思議ではなかった。

あとがき

このフィクションは混沌とした戦後の横浜での著者の生活が下敷きになっているが、当時の日本人の誰もが抱えていた、精神的、肉体的、それと表裏一体をなしている経済的な苦闘にふれている。それとともに、多くの人びとの個々の人生行路に感じたシンパシー（同情）、著者の第二の故郷横浜の社会の風景、文物など思い出の数々がつまっている。

もちろん、数えきれないほどの悔恨と歓喜のカオスのなかの自分であったことは論をまたない。

このことについては「シュトルム・ウント・ドラング（Die Sturum und Drang）疾風怒濤」というドイツの言葉があるが、まさにその通りであった。

当時、交流のあった女性たち、男性たち、皆がその後幸せな人生であったことを願って、青春最後の記念碑である本書を閉じたい。

二〇〇三年一一月五日

伊藤秀哉

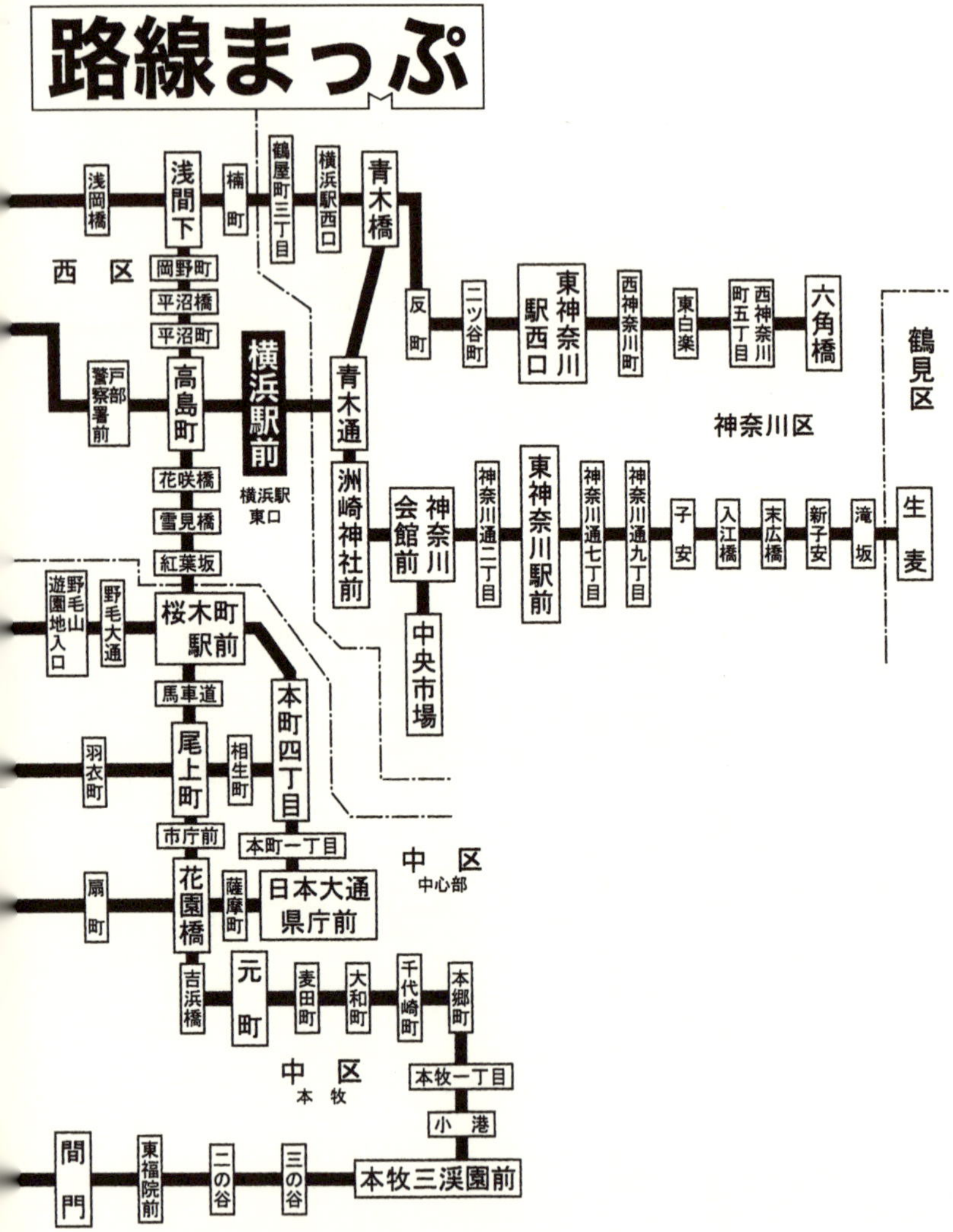

電停名は昭和41年8月1日現在
洲崎神社前～生麦間
神奈川会館前～中央市場間は
昭和40年4月12日現在

『懐かしの横浜市電』天野洋一・武相高校鉄道研究同好会著　竹内書店新社刊を一部改変

横浜市電

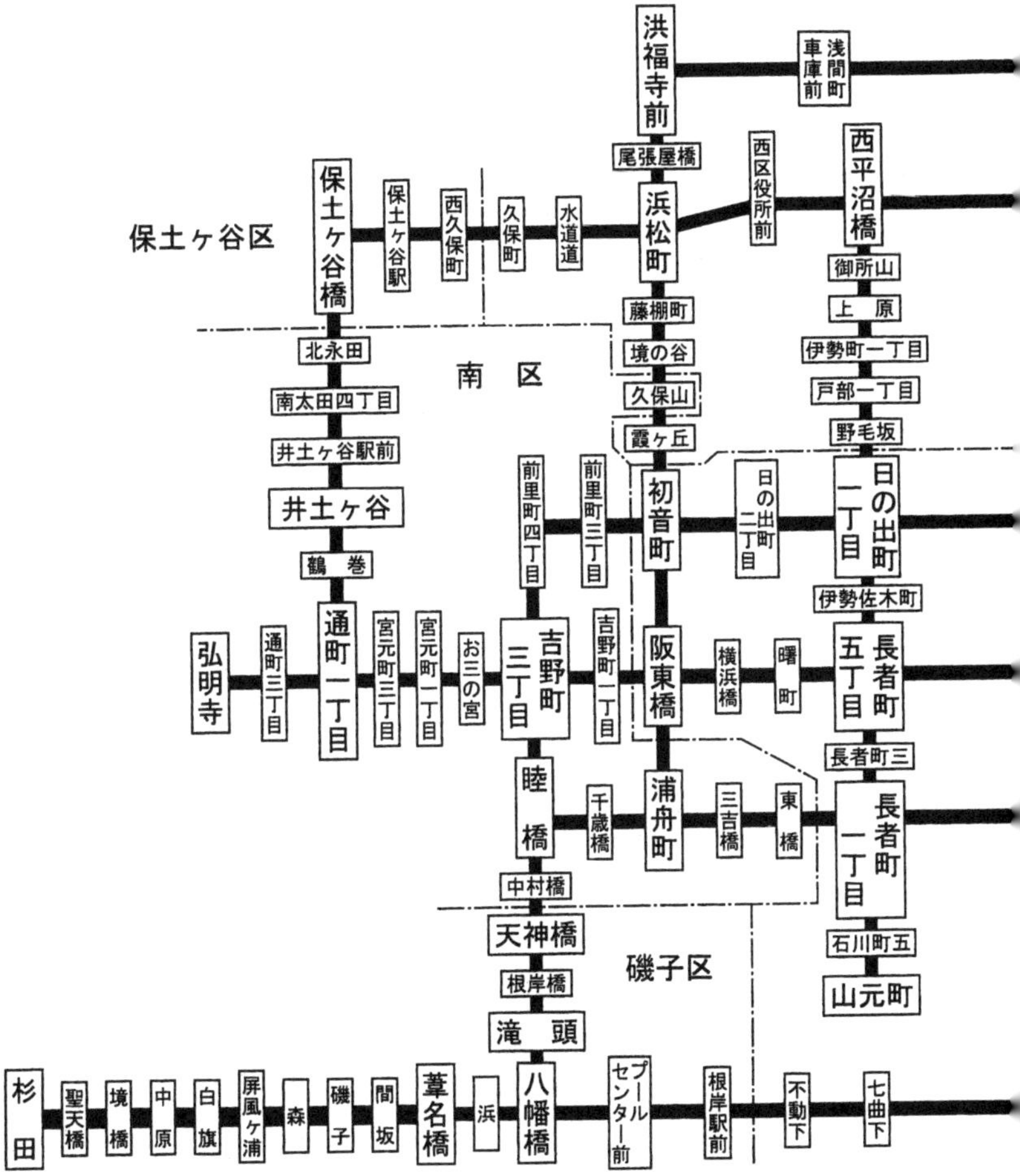

洪福寺前
浅間町車庫前
尾張屋橋
西区役所前
西平沼橋
保土ヶ谷区
保土ヶ谷橋
保土ヶ谷駅
西久保町
久保町
水道道
浜松町
御所山
藤棚町
上原
境の谷
伊勢町一丁目
北永田
南区
久保山
戸部一丁目
南太田四丁目
霞ヶ丘
野毛坂
井土ヶ谷駅前
前里町四丁目
前里町三丁目
初音町
日の出町二丁目
日の出町一丁目
井土ヶ谷
鶴巻
伊勢佐木町
弘明寺
通町三丁目
通町一丁目
宮元町三丁目
宮元町一丁目
お三の宮
吉野町三丁目
吉野町一丁目
阪東橋
横浜橋
曙町
長者町五丁目
長者町三
睦橋
千歳橋
浦舟町
三吉橋
東橋
長者町一丁目
中村橋
天神橋
石川町五
磯子区
根岸橋
山元町
滝頭
杉田
聖天橋
境橋
中原
白旗
屏風ヶ浦
森
磯子
間坂
葦名橋
浜
八幡橋
プールセンター前
根岸駅前
不動下
七曲下

著者略歴

伊藤秀哉（いとう　ひでちか）

一九二四（大正一三）年　山梨県甲府市で生まれる
一九四二（昭和一七）年　東京開成中学校（現開成学園）卒業
一九四九（昭和二四）年　順天堂大学医学部卒業
一九五三（昭和二八）年　学習院大学文学部哲学科卒業　精神病理専攻
現在　医療法人徳望会青葉病院理事

主な著書

「神々への反逆」ジョルジュ・オーリック著、伊藤秀哉訳、雑誌「音楽」一九四九（昭和二四）年一月一日アポロ出版社発行

「ベルグソン哲学と音楽美学の諸問題についての一試論」一九五二（昭和二七）年、専門誌

『蘆生の賦《うた》』一九八四（昭和五九）年八月一五日発行、私家版

『音の風景　心の風景』一九九二（平成四）年一〇月一日発行、築地書館

『続　音の風景　心の風景』二〇〇〇（平成一二）年九月二〇日発行、築地書館

『第三　音の風景　心の風景』二〇〇二（平成一四）年三月二〇日発行、築地書館

横浜時代の著者（27歳）

トワイライト

黄昏の横浜

二〇〇四年二月二〇日初版発行

著者――伊藤秀哉

発行者――土井二郎

発行所――築地書館株式会社

東京都中央区築地七-四-四-二〇一　〒一〇四-〇〇四五

電話〇三-三五四二-三七三一　FAX〇三-三五四一-五七九九

振替〇〇一一〇-五-一九〇五七

ホームページ=http://www.tsukiji-shokan.co.jp/

印刷・製本――明和印刷株式会社

装丁――小島トシノブ

 ISBN 4-8067-1279-5 C0095

●築地書館の本

◉総合図書目録進呈いたします。ご請求は左記宛先まで。
〒一〇四―〇〇四五　東京都中央区築地七―四―四―二〇一　築地書館営業部
《価格（税別）・刷数は、二〇〇四年二月現在のものです。》

武士道　日本人の魂

誰にでもわかる現代語訳と、クリスチャン新渡戸稲造と立場を同じくする牧師の眼で読み解いた詳細な解説で、不朽の名著をよみがえらせる。

新渡戸稲造［著］　飯島正久［訳・解説］　◉5刷　三〇〇〇円

老境の収穫

英国を代表する詩人ブラウニングの詩編と聖書を手がかりに、老牧師が、二一世紀のアクティブ・シニアに静かに語りかける、「人生の完成」への全10話。

飯島正久［著］　二〇〇〇円

和竿づくりの本

自分で作った竿で魚を釣ってみたい。その夢にお答えするのがこの本です。和竿美術館館長が、竹の素材の取り方、漆の塗り方など和竿づくりの全てのテクニックを解説。

鈴木秋水［著］　◉3刷　三〇〇〇円

［図解］陶芸　形をつくるたのしさ

自分がつくった器で料理を楽しむ、花を活ける……。桐朋学園教育研究所で23年にわたり指導をしている著者が、そんなあなたの夢を実現します。

豊山彬紘［著］　二九〇〇円

オーガニック・ガーデン・ブック

自然農薬、病虫害になりにくい植栽、バリアフリーガーデンのアイデアなど、個人庭専門の植木屋さんが伝授する、庭を百倍楽しむ方法。

ひきちガーデンサービス［著］　◉3刷　一八〇〇円

江戸の花見

民俗・風俗・習俗に焦点をあてて書かれた花見の文化史。◉北海道新聞評＝当時の川柳や各地に残る記録を引きながら、実に生き生きと描き出している。

小野佐和子［著］　一七〇〇円

◉ホームページ＝http://www.tsukiji-shokan.co.jp/